O L

优雅丽人
Elegant Beauty
——白领形体礼仪手典

李可 编著

成都时代出版社

「OL优雅丽人」

白领形体礼仪手册

ELEGANT OFFICE LADY
USEFUL BODY MANNER HANDBOOK

提起优雅，大概所有人都会不约而同地想起奥黛丽·赫本、约旦王后拉尼娅、前美国第一夫人杰奎琳·肯尼迪、著名演员张曼玉……她们美丽动人，仪态万千，让众人倾倒，她们内外兼修，更让世人仰慕。

知名导演比利·怀德（Billy Wilder）曾经形容，奥黛丽·赫本呈现的是一些消逝已久的特质，例如高贵、优雅与礼仪……『上帝都愿意轻吻她的脸颊，她就是这样一个讨人喜欢的人』；拉尼娅更被公认为是世界上最美丽、最优雅的王后；杰奎琳的『霓裳外交』同样为人称道……

从她们的身上，我们不难发现：优雅的女人＝美丽的样貌＋合宜的穿着＋得体的谈吐＋摄人的气质……缺一不可，唯有一一遵循才能全面打造出她的优雅与自信。

很多年前，西方每个出身高贵的女孩的优雅与自信。很多年前，西方每个出身高贵的女孩都要学习仪态课程。即便是今天，在我们身边，也有许多家长送他们的女儿去舞蹈学校，他们并不一定希望自己的女儿成为芭蕾舞的首席女演员，更多的是希望她们成为仪态优美的年轻女性。

你希望自己的美丽更有个性吗？你希望表现出自己独特的魅力吗？相信，很多人都有这样的期待。

现在，挺直你的腰背，收起你的小腹，抬起你优雅的下颌，展开你的胸肩，就像时刻准备恋爱一样，来完成我们优雅、迷人、别致的礼仪课程，让你的人生从此神奇地改变吧！

♥

「要成就魅力女人首先从礼仪开始」

看似简单的站、坐、走的姿势，隐藏着提升魅力指数的秘密——内心充满自信的人，站立、安坐、行走时才会表现得果敢而优美，恰如其分且生动的表情流露，让你的眉目恰当地传递内心的温和与友善。

在各种社交场合中，一举手、一投足、一颦一笑……每一个不经意的瞬间都是你展现魅力的关键。

良好的礼仪教养，会帮助你改善人际关系，增加你的女性魅力，提升你的女人品质，拓展你的交际空间……

女人的美丽，不仅源于外在的美，更重要的是出自内在的气质与修养，这才是一个女人美丽、优雅的本色所在。女人注重自己的形象、讲究礼仪的规范，无异于为你化了一次更深层次的妆。这种看不见的妆，却能让你容颜出众、气质动人。

礼仪，能让你更美丽、更成熟、更优雅、更精致。现在，就用你优雅的仪范塑造自己，用个性的色彩妆点自己，成为美丽与魅力兼具、内外兼修的时尚丽人！

♥

Contents 目录 OL优雅丽人

① Body Manner:

1 形体仪态
Part 多维塑造你的美丽形体

Build a Comprehensive Beautiful Shape

② Create Beautiful Temperament of Your Body
I. 塑造形体的美丽气质
③ 1. 你了解自己的身体吗
⑤ 2. 完美形体塑造属于自己的美丽
⑦ 3. 把握完美形体的关键——脊椎
⑨ 4. 健康美丽的体态让你魅力无限

⑭ Graceful Posture Upgrade Your Beauty
II. 优雅的姿态 提升美丽指数
⑮ 1. 正确而优美的站姿
㉖ 2. 展露优雅的坐姿
㉜ 3. 轻盈自然的步姿

⑩ Appropriate and Lively Face Adds Charm to Your Body Manner
III. 恰如其分且生动的 表情为你的仪态加分

**㊶ ** 1. 表情的魅力
㊷ 2. 展现魅力表情的关键部位
㊹ 3. 演绎情态的万种风情

㊻ Gesture is the Second Language
IV. 手势是人的 第二种语言
㊼ 1. 翩翩手势添魅力
㊽ 2. 得体地使用积极手势
㊿ 3. 不可错用的消极手势

51 Display Lady's Elegance in Your Movements
V. 举手投足尽显 女性优雅风仪
52 1. 让身体每一部分都传递美
56 2. 让身体语言更动人的秘诀
58 3. 让细节同样完美无瑕
61 4. 拍照的技巧：留住你的美丽瞬间

65 Social Manner: To be a Elegant Lady

2 Part 社交礼仪
社交圈中的雅致丽人

66 Business Manner—Let Talent Showing Itself
I. 商务礼仪
让你在工作中脱颖而出

67 1. 良好的商务形象魅力无限
68 2. 做个俏丽的职场佳人
70 3. 商务衣着的优雅品位
71 4. 得体的商务礼仪规范

77 Dating Manner—Let Cupid Find You
II. 约会礼仪
让丘比特找到你

78 1. 打扮漂亮去约会
79 2. 给他留下完美的第一印象
81 3. 约会细节增进彼此了解
85 4. 完美的分别

86 Meal Manner—Get Good Taste
III. 餐会礼仪
吃出品位

87 1. 优雅的用餐姿态
89 2. 格调高雅的西餐礼仪
92 3. 中餐桌上的款款

94 Party Manner—To Be a Elegant Party Queen
IV. 聚会礼仪
做个典雅的PARTY QUEEN

95 1. 自助餐：时尚的饮食文化
96 2. 吃出优雅自在的淑女风范
98 3. 自助餐中的交际活动

101 Charming Details When Drinking
V. "喝"的魅力细节

102 1. 品茶中体现优雅
104 2. 魅力独到咖啡情调
107 3. 女人的葡萄酒情怀

PART ONE
BODY MANNER:
BUILD
A COMPREHENSIVE
BEAUTIFUL
SHAPE

形体仪态
多维塑造你的美丽形体
Body Manner: Build a Comprehensive Beautiful Shape

"你想拥有魅力吗？"

对于这个问题，每个女人的回答一定是肯定和明确的。魅力不仅是美丽，更是需要后天努力挖掘才能展现的迷人风采。一举手、一投足、一颦一笑……每一个不经意的瞬间都是女性展现魅力的关键。什么是魅力女人外在的基础？不是皮肤洁白细腻，不是头发乌黑亮泽，也不是大眼睛高鼻子，而是身体的形态。形是体型，指的是身体各部位的尺寸和比例；态是体态，是人体的基本姿态。

人的仪表是一个人外在的名片，初次见面的人也许不知道你的姓名，但是可以通过你的形体特质对你做出视觉的判断。良好的形体形象能给人留下好的印象，甚至让人感觉易于亲近，令人敬重，受人喜爱。

爱美之心，人皆有之。但是，大多数女性没有真正意识到美与魅力对其一生幸福的重要性，更缺乏对自身形体的重视与管理，忽略了对自身形体的修塑。一颗热爱生命的心灵对魅力与美的态度不应是冷漠的，而应该对美和魅力有着一生的渴望与追求。皮肤的光滑细腻、面容的亮丽或衰老较难控制，但是你可以控制你的体形与仪态，只要你能够持之以恒地努力。如果你渴望拥有幸福，从现在开始，加强形体礼仪训练来提升自己的内在气质吧，把自己修炼成一个魅力女人。你将会受益终生！

Ⅰ. 塑造形体的美丽气质

　　很多年前，西方每个出身高贵的女孩都要学习仪态课程。即便是今天，在我们身边，也有许多人送他们的女儿去舞蹈学校，通常也不是希望她们成为芭蕾舞的首席女演员，而是希望她们成为仪态优美的年轻女性。

　　在日常生活中，一个女人应该站得笔直，似乎就像要把自己再拔高几寸，哪怕她已经非常高了，也应该这么做。毕竟，弯腰、驼背、耷拉着下巴，一副非常无精打采的样子，或者像在生活中饱受了挫折的样子，会让你显得比实际年龄老了十岁。精致的妆容、艳丽的服饰都能为女性的美丽增添一抹色彩，但是女人转身时那个优美的背影，与人交谈时脸上闪现的微笑，以及坐在电脑前手臂那道优美的弧线，则更加令人赞叹女人的魅力——这就是优雅形体的魅力所在。

1.你了解自己的身体吗

Do You Really Know Your Body

　　人体的形态美，主要包括人体的容貌美、身材美、肤色美和气质美。人体头部的外观形态组成了人的容貌，人体躯干和四肢所组成的外观形态构成了人的身材，包裹人体皮肤的质地和颜色构成了人的肤色，人的神情特征和肢体语言特征构成了人的气质。

　　女子形体外观：女子身长较短，体重较轻，肩较窄，但女子的躯干长，骨盆较宽，上体基本呈正三角形，因此，女子的重心较低、稳定性好。此外，女子的脊柱软骨厚，各关节韧带松弛，所以弹性好，柔韧性好。女子全身肌肉占体重的32%～35%，脂肪却要占28%。

　　内脏器官：女子的心脏重量和体积都比较小，这样，每搏血液输出量也较少，脉搏次数较快；运动时每分钟血液输出量的增加，多靠心跳加快来弥补。女子的收缩压较低，运动时不能产生很大压力，运动后的恢复时间较长。因此，呼吸系统容易产生疲劳。

女子的形体结构及生理特点

●胸部：一个女性的形体美是由流畅、圆润、优美的曲线构成的，柔软、自然、富有弹性的胸部及乳房曲线具有独特的魅力。胸部丰满匀称，柔韧有弹性；乳头突出，略向外翘；以165cm身高的女性为标准，两乳头距离应大于20cm，乳房直径为10~12cm，高度为5~6cm。未婚少女以圆锥形乳房为美，已婚妇女以半球形乳房为美。

●腰腹：坚实、平坦而稍显纤细的腰腹部是每个女性所向往的；腰细而有力，微呈圆柱形，腹部呈扁平状，标准的腰围应比胸围约细1/3。它不仅标志形体优美，而且行动起来也灵活潇洒。

●腿部：腿的皮肤细腻而富有弹性；小腿肚浑圆适度；脚跟结实，踝部细而圆润；并拢时，双腿间有四个接触点，即大腿中部、膝关节、小腿肚和脚跟，这种既有接触又有间隙的形态使腿形看上去很美；大腿长度一般为身长的1/4，围长平均比腰围小10cm；小腿围长比大腿围长小20cm。

●臀部：圆润上翘、丰腴、富有弹性，曲线柔和流畅，臀部大小与腰围粗细比例恰当。女性的臀部如过于肥大，则有损于形体美；过于瘦小，也表现不出形体的曲线。丰满而适中的臀部则能表现女性的协调和稳定。

皮肤颜色和光泽：光洁而细腻、柔软富有弹性、白而红润的皮肤，特别是面部皮肤，无疑给人以强烈的美感。

2.完美形体塑造属于自己的美丽

Get Your Own Beauty from Perfect Shape

　　人的美包括两个方面：一方面是形体美，另一方面是心灵美，也就是"气质美"。那么什么是形体美呢？形体美是指人的躯体线条结合人的情感和品质，通过形象、姿态而诉诸于欣赏者眼前的一种美。人躯体的每一处细节都闪现着具体感性的形象。

　　形体美是一种天然健康的美。美是建立在健康之上的，有损于健康的美不会长久，也不可能是真正的美。一个人的身材、容貌是与先天因素的遗传和后天因素的营养、锻炼以及健康状态密切相关的。形体美来源于科学合理的营养和锻炼，这是青春常驻、健美持久的重要因素。

　　女性美离不开女性的特征——丰满而有弹性的乳房、适度的腰围、结实的臀部以及健美的大腿等，这是体现女性特有曲线的重要部分。从现代审美观点来看，女性的形体应倾向于丰满、挺拔，拥有健美而富有弹性的肌肉，以及充满青春活力的精神面貌和气质。具体来说，可以从以下几个方面来衡量女性的健与美：

●躯干骨骼发育正常，身体各部分均匀相称。脊柱正视垂直，侧看曲度正常——骨骼的异常，将直接影响到身体的外观。一些人平时不注意自己的坐姿，久而久之，会改变脊柱的弯曲度，以致成年后弓腰驼背，姿势不雅。

●四肢长而直，关节不显得粗大突出。长期习惯或保持某些特定的姿势，会缓慢地影响形体，所以运动锻炼时要全面考虑运动范围，切忌过于单一。

●头顶呈弧形，眼睛大而有神，五官端正并与脸型协调配合。头顶微微隆起，构成的圆弧与全身的线条保持流畅和谐，与端正的五官显得协调。

●双肩平正对称，浑圆健壮，没有缩脖或垂肩之感。女子圆润的肩膀，可以突出其曲线美。脊柱从后面看是直线，侧视具有正常的体型曲线，肩胛骨无翼状隆起和上翻的感觉。

●胸廓饱满，胸肌圆隆、丰满而不下垂。女性要有丰满的胸部才能充分地显示出身体的优美曲线，表现女性特有的魅力。

●腰细而结实。结实纤细的腰部便于奔跑和劳动，应通过坚持体育锻炼来消除沉积在腰部的多余脂肪，就自然出现一个呈圆柱形的挺拔腰杆。

●腹部扁平。健美的身材要求腹部扁平，突出而下垂的腹部是不美观的。

●臀部圆翘，球形上收，不显下坠。臀部圆翘者将显得躯短腿长，重心高，身材漂亮。亚洲人身材稍逊的症结，就在于臀部扁宽、腰身松而肥。所以，我们应通过经常的体育锻炼收紧臀部肌肉，这样有助于展示身体之美。

●腿修长而线条柔和，两腿并拢时正视和侧视均无弯曲感；小腿腓部稍突出，腿部的健美靠健壮的肌肉衬托。肌肉不发达的腿，纤细缺乏力度；如果脂肪过多也会影响美感。唯有肌肉健壮的腿，线条才会略有起伏，显得结实而健美。

●脚踝细、足弓高。人体最下端的足虽然不起眼，却有26块骨头、24条肌肉及114条韧带在默默支撑着全身的重量。踝关节相对细小，会显得灵活；足弓高，行走时步伐富于弹性。这些对于身体美的构成及表现也具重要意义。

3.把握完美形体的关键——脊椎

Backbone, the Key to Get a Perfect Shape

（1）脊椎与形体美

挺拔的体型、优美的曲线，人体的各种基本姿态都以脊柱为骨性基础，为塑造健美体型创造条件，形成高雅大方的体态。

人的体型美与脊柱的生理弯曲度是否健康有很大的关系。

人体的脊柱，从前面或后面看，是垂直的，颈、胸和腰椎棘突与中心线一致。从侧面看，有4个生理弯曲，即颈椎弯、胸椎弯、腰椎弯、骶椎弯。正常的人体脊柱，颈椎弯、腰椎弯成前凸，而胸椎弯、骶椎弯成后凸，以适应人体在直立行走的姿势。如果躯干靠墙站立时，后脑勺、肩胛部、臀部接触墙壁，颈部和腰部则应有一掌的空隙。这就是脊柱端正的标志。正确的站立姿势应使头、颈，躯干和脚在一条垂直线上，这便是通常讲的挺胸、收腹和两臂自然下垂，这样就构成人体优美的曲线。

脊柱是靠躯干前、后、左、右各组对称的肌肉群平衡的力量牵引而固定着的，如果人体一侧长期负重不均，坐、立、走时向一侧歪斜，或由于偏爱某项运动，使局部肌肉发达，而另一部分萎缩，都会使脊柱两侧肌肉群及胸肌群、背肌群等对称肌群发育不平衡，造成脊柱病理性的侧弯、驼背等不健美的体态。

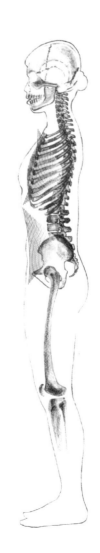

（2）不良站姿影响身体健康

●**颈椎**：颈椎病的根源就是颈椎间盘松动，继而压迫神经根、脊髓而引起的各种症状。长期不良的姿势，最容易造成颈项肌的疲劳，引起颈肩痛、项肌痉挛，甚至出现头晕目眩；久而久之，过早地出现颈椎病。

●**胸椎**：有的人喜欢把背弯下来，头下垂，以为这种姿势最舒服、不费力。实际上，这种姿势最大的缺点是脊柱的弯曲，形成胸椎畸形，最不可取！

●**腰椎**：正确的姿势应该是挺胸抬头，维持腰椎的前屈，均衡腰椎、腰部肌肉的压力，减轻劳损，预防和改善腰椎变形，对稳定脊柱有好处。

●**尾椎**：由4~5块尾椎融合而成倒置三角形，上为尾骨，底下为尾，骨尖容易骨折。

4.健康美丽的体态让你魅力无限

Healthy and Beautiful Shape Give You Endless Charm

身材不好的女性绝不仅是因为肥胖，最根本原因就在于没有正确的体态。上天赐予我们最优雅的体态是"四椎一线"，虽然颈椎、胸椎、腰椎、尾椎在生理结构上颇显S形，而在感觉上却是呈一条直线并向上牵引。可是，很多人由于习惯和惰性，渐渐失去了这种挺拔的体态，膝盖打弯、腿站不直，含胸驼背、小腹向前突、腰向后弯……长时间保持这种站、走、坐的姿势，就为多余脂肪提供了堆积的条件，颈部错位、胸部下垂、臀部下坠、腰部"救生圈"、行走拖沓等问题都暴露出来了，气质和身材都大打折扣。

✗ 臀部下坠　　　　✓ 臀部上提

同样的身材可以是两种截然不同的体态

（1）颈部——最佳的颈部曲线

拉长脖子，打开双肩，用优雅的胸、腰和臀展现女性的体态美。脖子是优美体态的关键。把脖子拉长，就是说从颈椎开始引导脊椎处于向上拉伸的状态，不是有意识地拉伸，而是想象用喉咙去贴近头顶的百汇穴，脖子就会很自然地向上拉伸，露出脖子和锁骨之间的小窝儿。拉伸颈椎会带动胸椎、腰椎、尾椎构成一条直线。颈椎伸长，胸椎会自然挺直，双肩展开，乳房会向上提不会下垂，腰部也被伸展开，肚子上的赘肉就会随之明显减少。

颈部不挺拔，人看上去不精神。

抬下巴，挺拔颈部，看不见脖子褶纹

（2）肩胸——让胸部挺起来

肩部美是女性体态美得以呈现的窗口，美的双肩令人赏心悦目。肩部美和人们的行走、举止等动态美关系重大，美的双肩可以为动态中的女性姿态增添无穷的魅力。女性的肩部要保持平稳，行走时随着双臂自然和谐地前后摆动可以有效地表达女性的气质、风度、情趣，同时可以让女性的胸部自然地挺起来，凸现性感的气质。

女性胸部美表现在乳房结实、丰满、挺拔。胸部美是女性最富魅力的部位，也是最具性吸引力的部位。同时胸部美对于女性整体美来说，可以说是一个发散的基地，由胸部美而影响到全面，影响到整个体态、全身的轮廓和曲线，也影响到女性美整体的魅力、性感和风采。

肩部

（3）背——把优雅雕刻在背上

西方女性的后背充分裸露，时装设计后背经常开得很低，露出大半个背部甚至整个背部，以此呈现后背的魅力。东方女性的后背裸露较少，但即使在着装的情况下，后背美由于其面积较大仍然是女性传达美的重要部位。女性的背部美主要是曲线和肌肉起伏的美，也是侧面和正面不同角度观察时的轮廓美。女性后背美的标准一般是指背部宽窄适中，与臀部的比例适当，肌肉丰满、腰部起伏、弯曲明显，脊柱沟比较明显，肩下骨不太突出。

女性背部美最易发生的主要缺陷是驼背、脊柱过弯、过于瘦削和肥胖，因而通过健美活动使肌肉相对发达、脂肪相对减少，并在日常的生活中保持正确的姿势，通过保持身体健康而达到背部美是健美的重要内容。

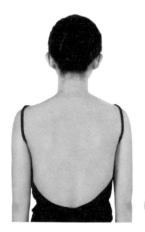

耸肩，从颈到肩部线条很短
脖子向上拉起来，肩下沉，让颈部线条变得修长、流畅、优美！

打开双肩挺胸
两肩打开让高贵的胸部挺起，把优雅雕刻在挺立的背上。

（4）腰腹——平坦的腰腹

腰是人体胯部以上肋骨以下部位，腹是人体生殖器以上胸部以下部位。女性腰腹的健美直接关系到女性的人体美、形态美、轮廓美、曲线美、性感美。女性的腰部从正面看明显比胯部窄，形成胸大腰细胯部大，而从侧面看后腰与臀部又形成明显的曲线。女性的腰腹按照审美观点应当是女性三围当中最细的一围，它的粗细直接影响着女性的曲线美、体形美。

美丽的腰腹应该是腹部平整，无肥肉堆积的前凸，无下垂的松垮皮肉，肚脐大小中等，基本呈圆形。腰围比胸围、臀围小30厘米左右，没有任何松弛的肌肉，与胯骨形成明显的对比曲线。

坚实、平坦而稍显纤细的腰腹部是每个女性所向往的。它不仅标志形体优美，而且行动起来也灵活潇洒。腰腹很容易发胖，堆积脂肪，尤其随着年龄的增长和怀孕、生育，很可能使腰腹美得以破坏或冲淡。通过腰腹部位的健美锻炼而保持腰腹美是女性健美活动的重点。

Ⓧ 塌腰，肚子前挺，臀部下垂。

✓ 腰挺直，收腹，提起诱人的臀部。

Build a
Comprehensive
Beautiful
Shape

❝女性腰腹的健美
直接关系到女性的
人体美、形态美、轮廓美、
曲线美、性感美。❞

II. 优雅的姿态提升美丽指数

站姿、坐姿、走姿是女性生活中的常见造型，是其他人体动态造型的基础和起点。优美的姿态能显示个人的自信，并给他人留下美好的印象。女性的姿势美与不美，直接关系到女性的形象。现代女性在社交活动中，塑造优美的姿态，可以提升美丽指数。

1.正确而优美的站姿

Correct and Graceful Posture

优美而典雅的站姿，是展现人的不同动态美的起点和基础。正确站姿的重点在于挺直脊背。收紧腹肌，挺直脊背，感觉身体像被拉直了一样，最后别忘了略收下颌。

站姿是人们日常生活中最引人注视的姿势。它是仪态美的起点，是发展不同动态美的基础。良好的姿势能衬托出美好的气质和风度。

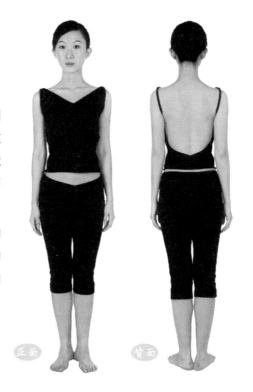

正面　　背面

（1）基本要领

女士要想使自己具有优雅迷人的站姿，关键要让自己的双脚、双膝、双手、胸部和下颌等五个部位都处于最佳的位置。

双脚的脚跟应靠拢在一起，两只脚尖应相距10厘米左右，其张开角度为45度，呈"V"字状。两只脚最好一前一后，前一只脚的脚跟轻轻地靠近后一只脚的脚弓，将重心集中于后一只脚上，切勿两脚分开，甚至呈平行状，也不要将重心均匀地分配在两只腿上。

在正式场合，双膝应挺直，而在非正式场合则伸在前面的那一条腿的膝部可以略为弯曲，做"稍息"姿势。但是不论处于哪一种场合，双脚都应当有意识地靠拢。这样的话，才能确保双腿自上而下的全方位并拢，并使髋部自然上提。

双手在站立时将右手搭在左手上，然后贴在腹部，同时应当注意放松双肩，使双肩自然下垂。不要耸肩、斜肩、弯臂、端肩。

　　胸部在站立时应略向前方挺出，同时要注意收紧腹肌，并挺直后背，使整个身体的重心集中于双腿中间，不偏不斜。这样的话，能使自己看起来精神振奋，线条优美。

　　下颌要微内收，脖颈要挺直，双目要平视前方，以便使自己显得自然放松。不要羞于抬头正视于人，好像做了"亏心事"一样，也不要下颌高扬，用鼻孔"看人"，给人以目空一切之感。此外，还要避免探脖的恶习。

◎四个中心点：

颈： 要挺拔而修长

胸： 自信的挺胸

腰臀： 腰部挺直，臀部收紧

　脚： 左脚在前，右脚在后指向2点的位置（或右脚在前，左脚指向10点位置），前脚的脚跟与后腿的脚弓相触

（2）四种站姿

优雅站姿

　　挺胸收腹，肩部放松，两脚跟要并拢，或者双腿靠拢成小八字或小丁字站法，身体重心要落在前脚掌。双手可以相叠，轻轻地放在身体的前面（胃部或腹部），也可以双臂自然下垂，或者背手站立。

随意站姿

其要点是头、颈、躯干和腿保持在一条垂直线上。或两脚平行分开，或左脚向前靠于右脚内侧；或手相互交叠，或将一只手垂于体侧。这种随意的站姿或者是一种性情的站姿，或者表达了一种淑女的含蓄、羞涩、收敛的体态，或者表达了一种性感女性曲线之美。

礼节站姿

也称正式站姿，这种正式的站姿一般适合于在正规场合、工作场所之中，肩线、腰线、臀线与水平线平行。目光直视，所表达的是一种坦诚的、谦和的、不卑不亢的礼节。

装扮站姿

这种站姿是一种具艺术性，有表现欲望的站姿。姿态在表达情感上最为生动，有时甚至会感到夸张。在T型舞台上、艺术摄影中常可以见到这种站姿。头部斜放，颈部被拉得修长而优美，一只手叉在腰上，脚左右分开，重心在直立腿上，向人展示一种自信的美，一种艺术的美。

随意站姿

礼节站姿

装扮站姿

> "优美而典雅的站姿，
> 是展现人的不同动态美
> 的起点和基础。"

（3）运动练习

健康、简洁、温和、有效的形体梳理，让你的体态更完美，气质更优雅。

 颈部

①上身直立，将头低下。

②保持上身直立状态，头部向右转动。

③头部从右顺势转到后面，头向后仰。

④将头从后面重新转到前面，顺时针旋转一圈。然后头部再逆时针旋转一圈。

⑤肩膀放松，与地面平行，头部向右摆动，耳朵贴近右肩，双肩尽量保持与地面平行。然后头部回到中间位置。

⑥肩膀放松，与地面平行，头部向左摆动，耳朵贴近左肩，双肩尽量保持与地面平行。

①身体直立，挺胸收腹，双腿并拢，十指交叉，手心向下，手臂贴近身体。

②腿部姿势保持不变，双手保持十指交叉的状态，举过头顶。

③身体与手臂姿势保持不变，收腹，将头缓慢地低下。

④双手分开，手臂缓缓放下，达到与地面平行的程度，手心向上，将头抬起，平视前方。

⑤手臂放下，双手自然下垂。

①

②

③

④

⑤

⑥身体直立，收腹挺胸，举起右手，手心向内。

⑦腿部姿势保持不变，右手臂向后弯曲，触碰脑部。

⑧身体直立不变，右手指尖触碰左肩，左手指尖触碰右手肘部。

⑨双手向上举过头顶，掌心向内。

⑩双手放下，手臂自然下垂于身体两侧。

①膝盖与脚背着地，上身直立，手臂自然下垂。

②身体向前倾，两手心、膝盖及脚尖同时着地，眼睛目视前方。

③双臂弯曲，身体随着向下，大腿与地面成直角，将头缓缓低下。

④屈膝跪坐在地上，臀部轻坐在脚上，手臂自然下垂。

⑤身体向前倾，手臂向前伸，脚向后伸展，身体俯卧，手臂、胸部、腹部、大腿、脚背同时着地。

腰

①以左前臂、腹部和右腿作为身体的支撑，右手臂与左腿一同抬起，同时头抬起。

②以右前臂、腹部和左腿作为身体的支撑，左手臂与右腿一同抬起，同时头抬起。

③将头部、双臂和双腿同时抬起，尽量向上抬，用腹部做身体的支撑，拉伸四肢。

①

②

③

①整个后背与头部着地，手臂平举与身体成直角，手心向下。双腿屈膝，脚心着地。

②抬起臀部，以手臂和脚支撑身体，膝盖与肩膀成一条直线。

①身体直立，收腹挺胸，双腿并拢，两手自然下垂。

②双腿打开，与肩同宽，上身保持直立状态。

③手臂向前平举，手心向下，双腿微屈，上身仍然保持直立状态。

④将腿伸直，双手收回，自然放在身体两侧，身体向右转，身体重心放在两腿之间，上身仍然保持直立状态。

⑤右腿弯曲，身体重心转移到右腿上面，两只手放在腿上，上身仍然保持直立状态。

⑥在相反方向重复这个动作，左腿弯曲，将两只手放在左腿上。

2. 展露优雅的坐姿

Graceful Sitting Posture

坐姿指人们就坐时和坐定之后的一系列动作和姿势。一般来讲，坐姿应当高贵、文雅、舒适自然，基本要求是腰背挺直、手臂放松、双腿并拢、目视于人。坐姿是一种静态的姿势。

（1）基本要领

上体直挺，腰背部平直不弯，勿弯腰驼背。腰背部最能反映出一个人的精神状态，所以坐着的时候虽是放松的，也要注意上身端正，腰挺直；头、颈和背部三者成一条直线，不要有扭曲；收腹、下颌微收，两下肢并拢，显得精神奕奕，富有朝气。

坐下时可以将左腿跷在右腿上，但要两小腿相靠，双腿平行，更能显得高贵大方。有的女性喜欢将腿跷得过高，这样会露出衬裙，影响美观和风度。双膝也不要并得太紧，这会使人产生一种紧张、缺乏安全感的感觉。如果你时刻以淑女的标准要求自己，切记不要抖动双腿。

双手的手掌应微微弯曲，掌心向下轻柔地交叉放在大腿上。如果穿的是裙装，就坐的时候要缓慢而文雅，用手将裙子拢一下，不要坐下后再整理衣服。穿短裙坐着时就要双腿并拢，注意自己的仪态。

坐椅子时，双腿可以以更大的角度偏向一边，右脚踝搭在左脚踝上。这样，即使谈话很投入，膝盖也不会在无意中展开，能时刻保持动人姿态。做这种姿势的时候脚尖要朝向同一个方向，不要用两脚勾住椅子的腿，或自己的双腿缠得像麻花一样。总之，这些缺乏美感的姿势，自己没看到觉得无所谓，可坐在对面的人已把你这些不雅的坐姿一览无遗了。

（2）女子五种优美坐姿

女士的坐姿是否优美，是影响印象的重要因素。通常女士可采用的坐姿有如下几种，它们之间的区别主要在于坐定之后的腿位有所不同。

双腿垂直式

　　具体要求是，双腿垂直于地面，双脚的脚跟、膝盖直至大腿都需要并拢在一起，双手自然放在双腿上。这是正式场合的最基本坐姿，可给人以诚恳、认真的印象。需注意这种坐姿脊背一定要伸直，头部摆正，目视前方。

双腿叠放式

　　这种坐姿要求上下交叠的膝盖之间不可分开，两腿交叠呈一直线，才会造成纤细的感觉。双脚置放的方法可视座椅的高矮而定，既可以垂直，也可与地面呈45度角斜放，脚尖不要翘起。采用这种坐姿时，不要双手抱膝，也不能两膝分开。

双腿斜放式

　　坐在较低的椅子上时，双脚垂直放置的话，膝盖可能会高过腰，有些不雅观。这时最好采用双腿斜放式，即双腿并拢之后，双脚同时向右侧或左侧斜放，并且与地面形成45度优美的"S"形。坐沙发时，这种姿势最实用。两个膝盖不宜分开，小腿间也不要有距离。

双脚交叉式

具体做法是双腿并拢，双脚在踝部交叉之后略向左侧或右侧斜放。坐在主席台上、办公桌后面或公共汽车上时，比较适合采用这种坐姿，感觉比较自然。应当注意的是，采用这种坐姿时，膝部不宜打开，也不宜将交叉的双脚大幅度地分开，或是向前方直伸出去，否则可能会影响到从前面通过的人。

双脚内收式

两条小腿向后侧屈回，双脚脚掌着地，膝盖以上并拢，两脚稍微张开。这也是优美的坐姿之一，尤其在自己并不受注目的场合，这种坐姿显得轻松自然。

双脚交叉式

双脚内收式

除以上介绍的女士就坐的基本方法外，女士就坐时还要注意以下两个要点：

1.在正式场合就坐时，背部要保持挺直。不应倚靠在椅背上，尤其是不应把头靠在椅背上。

2.应注意就坐后双手旋转的位置。一般坐下之后，双手可自然地旋转于双腿之上。双手一左一右地扶住座椅两侧的扶手、双手分别放在两腿之上、双手抱膝、双手插在两腿之间、双手垫在臀部下面、双手抱在胸前、双手抱在脑后、双手前伸扒在桌上或以手抚摸脚等动作，都是不雅观的，也是非常失礼的。

如何与它们"坐"伴？

凳子

　　正确：在严肃庄重的场合，如果凳子是足够大、稳重或结实的，那么就不要坐满整个凳子，以保持上身笔直、精神奕奕的姿态。

　　正确：如果是酒吧中的高脚凳，你可以把双腿交叠在一起，一只脚踏在凳子下端的横杆上。假如穿开衩裙，开衩部分会展示出你修长的美腿，那样的姿态很性感。但是，要记住性感并非暴露，应该注意避免走光。

扶手椅

正确： 扶手椅较大时，可以只坐椅子前一半或1/3。你可以选择最标准的姿势，把双手叠放在腿上，不去利用扶手。

正确： 可以把一只手放在一边的扶手上，另一只手搭放在这只手上，注意手心朝下。入座后应避免两手分别搁在左右扶手上。

错误： 不要整个背部全部贴靠在椅背上。

沙发

正确：尽量只坐沙发的前半部分。让上身直立，下肢采取双腿斜放式，使斜放后的腿部与地面呈45度角。

错误：把身体完全靠到沙发背上，这是不得体的仪态。

靠背椅

正确：除非椅子很轻或不结实，一般情况下，落坐带靠背的椅子，至少在10分钟内都不要去靠椅背。

错误：两腿往内收，这样会让腿看起来很短。当然向前伸也是不妥当的。

错误：避免把身体重心完全落在椅子的后半部和椅背上，整个人往后仰，甚至还让椅子前腿离地翘起。

错误：避免另一种不雅坐姿，就是身体重心落在前方，双臂放在腿上，身体往前倾，甚至让椅子的后腿离地翘起。

3. 轻盈自然的步姿

Light and Natural Pace

　　步姿即人们行走时的姿态，它是以优雅、端庄的站姿为基础的。一般说，行走时步履应自然、轻盈、敏捷、稳健。无论是日常生活还是社交场合，步姿是最引人注目的体态语言，最能表现一个人的气质风度。走姿优美，可增添女人特有的魅力。

　　如果站姿和坐姿被称作是人体的静态造型的话，那么，步姿则是人体的动态造型。流云般优雅的步姿是女性努力的目标，款款轻盈的步态是女性气质高雅、温柔端庄的一种风韵，而优美的步态，则更添女性贤淑温柔的魅力，展现自身的风采。

Light and
Natural Pace
走姿优美，可增添女人特有的魅力。

（1）基本要领

●最基本的行姿是使自己的脊背和腰部伸展放松，并使脚跟首先着地。行走时移动的中心是腰部，而不是脚部，所以行走应被首先视为腰动，而不是脚动。应当上体前驱，借以带动脚动。

●行走时腿不伸直是无法走出漂亮姿势来的，因此走动时务必要使膝盖向后方伸直。如果膝盖伸直了，腿也就自然而然地随之伸直了。

●行走时要有一定的节奏。行走时双肩要放松，双臂要伸直，手指要自然并拢并略为弯曲，然后还应当使两只手臂前后摆动。

●双臂摆动应以肩关节为轴，手臂与上身之间的夹角不要超过30度，双臂各自摆动的幅度不应大于40厘米。走路时双臂不动或同时向一个方向摆或摆幅过大，都不雅观。另外，行走时的步幅同样是有规律的。在一般情况下，女性往往穿高跟鞋，故步伐小一些，一步走30厘米左右，才会显得更为高雅迷人。同时行走的速度也应当不紧不慢，保持节奏感。

●行走时应使脚尖略为展平，脚跟首先触地，通过后跟将身体的重心移送至前脚，促使身体前移。需注意的是，行走时的注意力应集中于后脚，而不是向前跨出的那只脚上。

●行走时应上身挺直，目视正前方。在腰际以上，不允许摆摆晃晃。同时成一直线前进，不要左右摇摆。

在日常生活中，人与人不同，走路姿态不可能呈现一个模式。每个人的行姿在很多情况下还与其年龄、职业、着装及所处场合有关，尤其是女士。例如同一位女士，穿裙装配高跟鞋和穿长裤配平跟鞋，行走时步伐的大小和速度的快慢便有所不同。穿裙装配高跟鞋，相对而言行走时的步伐要小，速度宜慢，以示其内雅和含蓄；而穿长裤配平跟鞋时，步伐则应当大一些，速度快一些，以示其活泼与洒脱。

（2）正确的走姿

慢

①一条腿轻轻迈向前方，这时候身体的上半部分还应该停留在后面的那条腿上。

②将体重从后面的脚跟慢慢向脚尖部位转移，同时身体的重心前移。

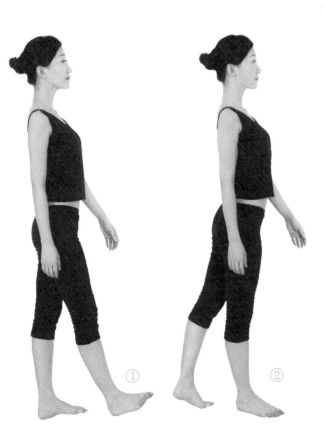

①　　　　②

快

优美的快速跑动

　　需要小跑的时候，也不能忽视后背的挺直姿势，注意不要让身体向前倒。"后背挺直"是所有动作显得优美的关键。

留意后背、脖颈和手指的动作，让自己时刻散发优雅魅力

　　这些是保持行为举止优雅得当的最后部分。总体来说，要想塑造优美的身形和动态的优美，就必须时刻注意自己后背、脖颈以及手指尖的姿势。用正确的姿势行走，身体的姿态也会自然地表现出优雅的品位。再加之细心刻画的细节动作，更会增加你的迷人风范。你可以想象自己就是某位女明星，想象那些女星或偶像的举止。想象也可以让你的行为举止越来越优美迷人。

转身

①如果有人呼唤，你要一边保持身体挺直，一边停下脚步。

②将体重转移到右腿，然后身体向左侧转过45度角，脸也转向左侧。

③右脚踏地，左脚脚尖转向左侧，身体重心移动的同时转过身来。转向的时候，上半身不要显得十分僵硬。

①②　　　③

（3）运动练习

脚踝

①身体直立，收腹挺胸，双腿并拢，重心落在脚跟上，两手自然下垂。

②上身保持直立状态，脚跟抬起，将身体重心转移到脚尖上面。反复练习。

① ②

① ② ③

脚腕

①重心放在左脚上，右脚脚跟抬起，脚尖着地。

②左脚姿势保持不变，右脚脚腕由外侧旋转。

③右脚脚腕由外向内旋转一周，脚跟重新回到起点。左脚脚腕重复该动作。

踮脚练习

①以右脚为重心，左脚脚跟抬起，脚尖着地。

②左脚脚跟落下，将身体重心放在左脚上，右脚脚跟抬起。

③右脚脚跟放下，双脚脚掌同时着地，然后，双脚脚跟同时抬起，脚尖着地。

④双脚脚跟落地，回到最初的姿势。反复练习。

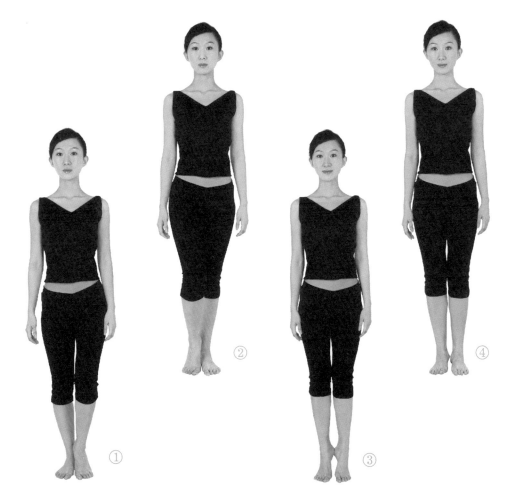

① ② ③ ④

III. 恰如其分且生动的表情
为你的仪态加分

每个女人都应该注意自己的表情，因为表情是气质的反映，是内在修养的集成。高雅的表情不是对着镜子练十分钟就可以速成的。

面对不同的场合和气氛，应该以得体的表情示人。完美而和谐的表情可以为你的仪态加分，展现独特的魅力。

每个女人都要尽可能地让自己善良、幸福、宽容、大气，尽所能地使自己高雅、聪明、勤奋、成功。这样，女人就是永不凋零的百合，不论到了中年还是老年，都会美得高贵、美得朴素、美得适切，散发诱人的清香。

Charm of Expression

　　表情是指眼、眉毛、嘴巴、面部肌肉以及它们的综合运用反映出的心理活动和情感信息。面部是人体表情最丰富的部分，它表达人们内心的思想感情，表现人的喜、怒、哀、乐，对人们所说的话起着解释、澄清、纠正或强调的作用。

　　在人际交往中，人们的感情流露和交流经常会借助于人体的各种器官和姿态，这就是我们通常所说的"体态语言"。它作为一种无声的"语言"，在生活中被广泛地运用，在社交活动中有着特殊的意义和重要的作用。

Key Positions for Expression

眼睛最能准确表达人的感情和内心，眼神反映着人的性格和内心动向。眼睛不仅可以表达瞬间心境的感应和波动，更多的会传达你的人生阅历和生活态度、价值观、喜好和性情。

魅力女人的目光应该是坚定坦诚并且与自己的心灵沟通的，不能死死地直视对方，更不能傲慢和居高临下。通常在与别人交流的时候，目光的主体应该是对方的眼睛，为了避免长时间的直视，给对方产生压力和局促感，可以在对方的双眼和嘴部的三角区中做适当的调整。目光过低，显得缺乏自信；目光过高，容易让人产生傲慢和轻视感；目光游移不定，更让人缺乏信赖感和良好的沟通感。

眉毛能表达人们丰富的情感。如舒展眉毛，表示愉快；紧锁眉头，表示遇到麻烦或表示反对；眉梢上扬，表示疑惑、询问；眉尖上耸，表示惊讶；竖起眉毛，表示生气。

嘴巴可以表达生动多变的感情。如紧闭双唇，嘴角微微后缩，表示严肃或专心致志；嘴巴张开成0形，表示惊讶；噘起双唇，表示不高兴；撇撇嘴，表示轻蔑或讨厌；咂咂嘴，表示赞叹或惋惜。

3.演绎情态的万种风情

Deduct All Kinds of Expression

　　表情，即面部表情，是指头部（主要是脸部）各部位对于情感体验的反应动作。它与说话内容的配合最便当，因而使用频率比手势高得多。达尔文在《人类与动物的表情》一书中指出，现代人类的表情动作是人类祖先遗传下来的，因而人类的原始表情具有全人类性。这种全人类性使得表情成了当今社交活动中少数能够超越文化和地域的交际手段之一。

　　笑与无表情是面部表情的核心，任何其他面部表情都发生在笑与无表情两极之间。发生在此两极之间的其他面部表情都体现为这样两类情感活动表现形式：

　　愉快，如喜爱、幸福、快乐、兴奋、激动；不愉快，如愤怒、恐惧、果敢、痛苦、厌弃、蔑视、惊讶。

　　愉快时，面部肌肉横伸，眉毛轻扬、瞳孔放大、嘴角向上、面孔显短，所谓"眉毛胡子笑成一堆"；不愉快时，面部肌肉纵伸，面孔显长，所谓"拉得像个马脸"。无表情的面孔，平视，脸几乎不动。无表情的面孔最令人窒息，它将一切感情隐藏起来，叫人不可捉摸，而实际上往往能比露骨的愤怒或厌恶更深刻地传达出拒绝的信息。

　　在五官中，嘴的表现力仅次于眼睛。嘴的张合，嘴的向上、向下运动都能传递一定的信息，如噘嘴表示生气，撇嘴表示鄙夷，努嘴表示纵容，咂嘴表示惋惜等，然而这些表情并不宜采用。

　　为了表示对交往对象的友好和尊重，最佳的表情应是面带微笑。微笑传达的信息常能促进双方沟通，融和双方感情。微笑可以表现出温馨、亲切的表情，能有效地缩短双方的距离，给对方留下美好的心理感受，从而形成融洽的交往氛围，可以反映本人高超的修养、待人的至诚。微笑有一种魅力，它可以使强硬者变得温柔，使困难变容易。微笑是人际交往中的润滑剂，是广交朋友、化解矛盾的有效手段。

　　微笑的基本做法是：不发声，不露齿，肌肉放松，嘴角两端向上略为提起，面含笑意，亲切自然，使人如沐春风。其中亲切自然最重要，它要求微笑出自内心、发自肺腑，而无任何做作之态。也只有这种发自真心和诚意的微笑，才能使一切与你接触的人感到轻松和愉快。

一字形微笑（适合长形脸）   茄子形微笑（适合圆形脸）

微笑的表情

眼： 眼角微扬，目光柔和;

眉毛： 双眉平展，表示身心欢悦而平和;

嘴： 微露牙齿的双唇，表示对对方的友善。

IV. 手势是人的第二种语言

在女性人体结构中，手臂更为贴近身体，与身体整体的曲线互相呼应。手臂连着人体外露最频繁的双手，柔美丰润，充分表达着女性的美和丰富的人体信息。手是人类上肢末端高度分化的结果，是区别于动物的重要表征。为此，我们平日反复使用的手势是一种重要的身体语言，可以帮助我们强调我们想传达的意思，理清我们讲话的思路。手势用好了可以提升你的个人形象，增添个性魅力，用得不好则会泄露你的很多缺陷和问题。

1. 翩翩手势添魅力

Elegant Gesture Gives You More Charm

（1）告别

挥手道别也是人际交往中的常规手势，采用这一手势的正确做法是：

- 身体站直，不要摇晃和走动；
- 目视对方，不要东张西望，眼看别处；
- 可用右手，也可双手并用，不要只用左手挥动；
- 手臂尽力向上前伸，不要伸得太低或过分弯曲；
- 掌心向外，指尖朝上，手臂向左右挥动。用双手道别时，两手同时由外侧向内侧挥动，不要上下摇动或举而不动。

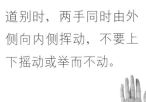

（2）鼓掌

鼓掌，是一种手势，是一种象征，是"一片冰心在玉壶"的信念。

正确的手势是两只手放在胸前，但是不要举得太高，以免挡住脸上的表情。左手在下，右手轻轻打在左手上，拍击三下或五下。

很多人鼓掌时两手侧向而击，实际上这种姿势是不正确的。

鼓掌，虽名为动作，却有深厚内涵。那是一种毋庸置疑的意念、力量、喝彩、鼓舞、奋起。鼓掌，是人与人之间交流的一种象征，有真有假。喝彩的分量和诚意也有大小之分，真诚的鼓舞可以消解误会，消解嫌疑，消解无所谓的争执和愤慨。掌声，是传递内心感受的独特声音。

2.得体地使用积极手势

Use Positive Gesture Correctly

积极的手势表达明朗、热情、自信、干练、果断。

比较规范、优雅的手势应该是手掌自然伸直，掌心向内向上，四指并拢或食指微微分开一些，拇指分开，手腕伸直，手与小臂呈一条直线，肘关节自然弯曲。做动作时，收放的控制应该在腕关节和肘关节部位，而不是肩关节，那样动作的幅度太大，给人指手画脚的感觉。手势的打开与回收应有一定力度，且有弹性、有节奏。当然，每个人的手势也应该具有个性，在规范、得体的基础上，找到属于自己的独特风格，或干练、或优雅、或沉稳、或温和。

●手心向上、手掌摊开，代表的是一种欢迎的姿态，它表达了坦诚、善意、礼貌和肯定的态度。

●在中国，翘大拇指是积极的信号，通常指高度的称赞。如果你要对别人的做法表示支持

或者赞赏，请伸出你的大拇指。但是在英国、澳大利亚、新西兰等国，如果将大拇指急剧向上翘起，它就变成了一种侮辱人的信号。所以在使用这种手势的时候要特别注意，以免产生不好的后果。

●谈话时手的高度在胸部和眼部之间为最恰当的区域。因为如果手抬得过高，会挡住脸，使你显得局促不安，不够自信；如果手势太低，别人看不见，无法起到手势语的作用。

●站立时，双手在两侧自然下垂，表示自然放松，没有什么特别的含义；如果双手垂在身前，并用右手握住左手，则是谦恭的姿态，代表了现代女人应有的教养与风度。

积极的手势不仅显得自信，而且还可以拉近与他人的距离。

3. 不可错用的消极手势

Do Not Use Negative Gesture

消极的手势表达封闭、胆怯、犹疑、冷漠、无力。

●比如手势位置低于胸部，柔弱、缓慢，暗示着缺乏自信。手心向下则表示否定、抑制、贬低、反对和轻视。

●站立时，双手背在身后，有两种含义：一种是拘谨，另一种是威严。这种手势虽然不属于消极的手势，但用在一般的社交场合，不太恰当。

●十指交叉，放在脸前或放在桌子上同样是一种消极的手势。这种姿势多同人的沮丧心情及敌对情绪有关，所以我们在工作和生活中要尽量避免这样的手势。

● "塔尖式"手势，讲话时，如果一个人将头往后一仰，十指交叉，形成凸起的塔尖式手势，那么，他就会展现给人们一种高傲自大的架势。总之，这个手势是一种不良的人体信号。

消极的手势不仅暗示着你的心理缺陷和消极的生活态度，还会把自己和他人的距离拉远。另外，切忌在与人交谈时，用食指对人指指点点，这是对人极不尊重的做法。

手势的变化十分复杂、微妙，有时仅仅是姿态略有不同或高度上有一点变化，表现出来的意思也就会不一样。例如双手垂放在身前，右手手心盖住左手手背，是表示礼貌和尊敬，但如果以同样的姿势向上移至腹部，则表示紧张和拘束了。我们在运用时，应特别留心这些细微的变化。

TIPS：交际中应避免出现的手势

有些人还有一些习惯性的不良手势，比如用手遮挡嘴巴，经常性地捏鼻子、推扶眼镜、梳理头发，谈话时摆弄东西甚至抠鼻子等。这些手势不仅不优雅，有的还会让人反感。此外，周期性频繁地使用某一种手势，会干扰别人的视线，让人烦躁，甚至讨厌。这些都是需要自己检查发现和修正的。

修正和克服不良手势和动作的同时，要注意设计和训练一些得体和优雅的手势，让你的形象更加美好。

V. 举手投足尽显女性优雅风仪

从一个女人的礼仪形态，往往可以探知她的性格、处事态度和职业素质。一个人留给他人的第一印象大部分基于其穿着打扮，以及礼貌修养。亮出你自己，意味着在诸多"小细节"上的独具匠心，它们暗含了通往成功的要素。

一个人的举止包括了所有的行为。一举一动、一笑一颦、站的姿势、说话的声音、面部表情、对人的态度等等，而这些外部的表现又是你内在品质、知识、能力等内涵的真实流露。得体的仪态举止可以提高你的声誉，反之则会损害你的信誉。不论是容貌、发型、妆扮，还是举手投足、音容笑貌，任何一方面的闪失都会有损你的形象，甚至导致社交场合上的全盘皆输。

你忽略了这些细节吗？你渴望自我调整吗？那就从现在开始吧！

Transfer Beauty by Every Part of Your Body

（1） 迷人的下巴

要使下巴的魅力充分发挥，首先需彻底拉长脖子，再深深吸入空气，做出微笑的表情。然后，突出下巴，唇调整成微笑型。保持这个状态，放松肩膀的力量，使脖子肌肉自然。

做这个造型，需特别注意下巴的突出方式，若过于突出的话则会显得刻意、不自然。因此，照镜子时，只要稍微调整角度，将脸抬起，把自己最自信的那一瞬间展现出来。嘴唇不要勉强紧闭，或做出拒绝的表情。

（2） 天鹅般的颈项

美颈是有标准的，既要线条优美圆润挺拔，又要皮肤白皙光滑，触之如丝绒。如果你细心观察，那些脖子漂亮的女性总能吸引更多异性的目光。与面部相比，颈部的皮肤更加细薄脆弱，皮脂腺和汗腺的分布数量只有脸部皮肤的三分之一。皮脂分泌较少，保持水分的能力比脸部差很多，皮肤容易干燥老化，加之颈部常处于活动状态，更使颈部肌肤容易出现松弛和皱纹。如不尽早保养，容易导致"人未老，颈先衰"。

颈部护养要提早开始，尤其是已过25岁的女性，更要有针对性地对颈部进行护理，千万不能等到老化松弛、皱纹重重甚至沉积了许多脂肪之后。

睡眠时，应有良好的睡姿，高的枕头容易使颈部过度弯曲，容易产生皱纹，因此应使用较平的枕头；气候冷而干燥时，可围上柔软的丝巾或羊绒围巾以保暖，防止干燥；穿高领毛衣或硬质立领衣服时，应穿一件棉质高领上衣，以避免磨擦颈部皮肤，皮肤敏感者不要穿透气性差的化纤高领衣服；平时需保持良好的坐、站、立姿势，尽量保持挺拔之态；洗澡时水不宜太热，以免过度刺激皮肤，造成松弛。这些好的习惯一旦养成，会获得美丽的颈部。

（3）温柔的手

手，是人类最灵巧的器官，它的一个细微动作、一个简单的手势都有深刻的涵义。或许在日常生活中我们并不注意，但是在正式交往中我们必须重视每一个手的动作。

手是人与人交往中醒目的和受到关注的肢体部位，特别是握手、打字、书写、用餐时，手的动态活动给人更强的视觉感受。手对于女人的作用，如同容貌对于女人的重要，所以，女人对手的护养和美化不能忽略。

手美观的一个关键是手掌、手指灵活柔软，因此做好手部运动是必要的。可以利用坐车或看电视的时间做以下简单的手指运动：模仿弹钢琴的动作，好处是伸展手掌和手指，使你的双手轻快敏捷，方法是把双手平放在台面上，柔和地向下压，然后每次举起一个手指，尽量举高；握拳

伸展，这是解除紧张的良好动作，并可以使手部柔软，方法是先紧握拳头，然后展开，尽量伸展五指。每天用力地做3～5分钟。

手美观的第二个关键是要有好的肌肤感，干燥不利于手部肌肤的健康生长，例如温度过高的热水、含碱性重的洗涤剂对皮肤都有很大的损伤；做家务时应尽量戴橡胶手套，以避免各种化学洗剂对手部的侵蚀伤害；日常应注意手部的洁净，并保持手部湿润。

（4）曲线动人的臀

臀部在女性人体美当中由于其性感特点突出而占有重要地位。许多服装设计、舞蹈动作、健美表演、艺术创作等都有意地夸大臀部，以强调女性的曲线和性感魅力。

从女性的形体美来看，胸、腰与臀共同构成了身体曲线美的三大要素。高耸的胸部和浑圆上翘的臀部上下呼应，通过腰部流畅的连接，组成了一篇美妙跌宕的三步曲。概括来讲，美臀的标准应该是：丰润圆翘、球形上收。具体说，健美的臀部应该中等偏人、圆滑、丰泽、富有弹性而且上翘，曲线柔和流畅，皮下无过多的脂肪，从造型上看，完整、优美、神奇。当站立时，由于覆盖在骶部的肌肉比其他部位薄而紧，会形成菱形窝，年轻而丰满的女性，菱形窝大而深，就像面颊的笑靥一样美丽动人。

人类学家认为亚洲人身材稍逊的症结，就在于臀部扁宽。臀部过大的女人，走起路来发颤，给人以累赘感；臀部扁平无肉，则无曲线美。美臀应该呈浑圆状而富有弹性，胖瘦适度以及优美的轮廓是美臀的决定性因素。美臀还在于它的动感。臀部是人体背面审美的焦点，是展示女性魅力最生动、最丰满的部位。走动时左右摇摆的臀部，增强了女性的动态美，是青春活力的象征。从背面观察女性的这种姿态，还能给人一种朦胧美和距离美。

（5）妩媚的头发

头发是女人一个富于诱惑性的外露部分，可以传递和泄露女人很多不可言传的秘密。女性选择和变换发型的原则和目的通常是为了美丽，很多女人年轻时候最大的愿望也是让自己看上去更美一些。

如果你想让自己看起来更美丽，要明白自己现在最需要什么样的形象，最需要表达什么样的特性。在选择发型方面，脸型轮廓和你的职业特点是特别需要考虑的，切忌盲目模仿街头的流行发型。

不同的发型显示不同的个性。一般而言，长发女性显露出女人的妩媚和妖娆感；男式化的短发让女性少了些女人气，多了些干练、硬朗的感觉。

有时发型的变换会比发型本身更为重要，变换发型是女性改变自身形象、精神面貌的最直接方式，也是塑造自身新形象的一个最有效的捷径。

有人说"女人的头发是一面飘扬形象和品质的旗帜"。的确，头发给予女人的不仅是美丽，更是一种生命的象征，一个生活品质的标识。

Secret Way to Make Your Body Language More Appealing

（1）亭亭玉立的身姿

"亭亭玉立"的女性总能给人无限遐想——高洁如荷、骄傲如梅。在一个人没有开口说话的时候，站姿便表现了她内在的精神。

女士站立时最好双脚并拢，双手轻放两侧或互握于身前。注意不要拉衣角，互握手时手部不要摇动。女士单独在公开场合亮相的时候，可以采用3/4步站立。所谓3/4步站姿，就是将左脚的脚跟轻轻靠拢在右脚内侧约3/4的位置，上半身保持向着正前方；或是将右脚的脚跟靠拢在左脚内侧3/4的位置，双手可以交叉轻握在身体的另一侧，保持一种自然平衡的双S形的美丽姿态。女士站立时，身体重心应该提高，眼睛不要左顾右盼，应该尽量向正前方平视，面带微笑。另外，也可以双脚脚跟靠拢，脚尖距离10厘米左右，呈V字形，张角为45度；或者两只脚一前一后，但前脚应该靠近后脚，将重心放在后脚上。两脚切忌分开或呈平行状，也不能将两脚重心摆在一块。

除此之外，女士上身应该微微上扬，双肩伸开并稍向后仰展，双手微微收拢，自然下垂，下颌微微收紧，目光平视，后腰收紧，骨盆上提，腿部肌肉绷紧，膝盖内侧夹紧，使脊柱保持正常的生理曲线，不可弯腰驼背，这样易使人感觉毫无精神、没有气势。

女性的双手在站立时，可以放置的位置很多。标准站姿时，双手可以交叉放在身体前面，或者交叉放在背后，但绝对不能勾手或捏手指，那会让人感觉你小家子气；右手托腮，左手扶住右手手肘也是一个不错的姿态，但不要双手交叠放在胸前。

（2）优雅的蹲下

下蹲是人在特有情况下采用的一种暂时性体态，它由站立的姿势转变为两腿弯曲和身体下降的姿势。作为一个时刻注意自己仪态的女性，更不要放过这些美丽的细小瞬间。

错误的蹲姿，会让形象看上去不美，腿会显得短而且粗，所以应采取半蹲姿态。穿着低领上装时，要用手护着胸口。

注意不要突然蹲下来，蹲下时速度切勿过快。与他人同时下蹲时，更不能忽略双方之间的距离，以防彼此相撞。另外，东张西望的话会让人生疑；而一边说话一边弯腰曲背的姿势会影响人的外形美。

3.让细节同样完美无瑕

Make the Details Also Perfect

（1）让体香成为女人的无字名片

香水已经成为演绎生活品位、点缀生活情趣的日用品，使用香水已成为张扬个性的自我表现手段，并在紧张的生活中制造出清新开朗的氛围。

巧用香气，不仅能使你身心愉快、精神好、工作效率高，而且还能成为你的成功助手。无论是在工作上、事业上、人脉上，还是爱情家庭上，它都能发挥极佳的作用。

女人的所有服饰、妆容和佩件皆有形，唯有香水无形地、幽幽地萦绕于身，衬托出女人的风雅，昭示出女人的品位，诠释着女人的浪漫风情。香水的美看不见、听不见，只能去体验、去感觉、去品味，如此便有了"闻香识女人"的意境。一个有品位的魅力女人，香水于她，如心灵的伴侣，没有了香水的相随相伴，则少了灵性、淡了情趣。

每个人都应该有一瓶香水，找到属于自己的香型，好让自己一整天都沐浴在和谐舒缓的清新气氛中，一天好心情。香水，让女人更添柔媚，令男人无法抗拒。作为现今的女性，大都懂得善用不同香味的香水，赴不同场合的约会。

选择香水的时候，要根据自己的气质以及工作生活环境，香水不仅使自己自信、愉悦，而且更有助于你魅力的发挥。香水选择的错误会使人有一种张冠李戴的感觉。如成熟女士使用运动型香水会显得轻浮；青春活泼的少女使用充满魅惑的香水不免使人迷惑。一般情况下，白天使用淡香水，夜晚使用较浓的香水是最合适的。

香水是很感性的，女人用香水更有女人味，男人用香水更有男人气息。香水是有情趣、有气氛、有空间的，有了香水便有了环境、氛围、意境以及超时空的想象力。

TIPS：使用香水的原则

要贴身接触	不要使用在易出汗或汗腺发达的部位
要少量多处	不要一次喷得过多
要喷于敏感及脉搏跳动明显的部位	不要反复摩擦
要沐浴后使用	不要涂抹在暴露的部位
要巧妙地喷洒	不要与不同香型系列的化妆品混合使用

（2）让声音传递你的魅力

很多女性开始重视容貌和姿态的修饰，但却忽视声音的魅力。通常，我们感受一个人的魅力，是通过视觉、听觉、嗅觉获得的。感官系统能够感受到的信息既可以给魅力加分，也可以减分。这也是魅力的修炼要从多方面着手的原因。

首先要讲普通话，不要把方言俚语带到交际场合；所说的话明白易懂，而且措辞清楚；呼吸正确，例如说话不断断续续；拥有饱满的音调，让人觉得你信心十足；无论如何，一定要避免声音单调，说话音调热诚、亲切和充满活力；表达出强烈的情感，例如怜悯和热心。

对于女性来说，声音的魅力相对是容易修炼和保持的。很多人还没有意识和重视提升这方面的魅力，增长和对比的空间是很大的。此外，声音源自体内，每个人都可以有更多的驾驭而不受条件和外在等因素的限制。同时声音由听觉感受，少了视觉感受的复杂性、成本和代价相对较低。

了解自己的声音形象特点，有利于调整和塑造更适合自己的声音形象。最后要记住：最有魅力的声音是自然、诚恳、充满自信和富有活力的声音。

(3) 充满魅力的眼神

眼睛是心灵的窗口。你的目光几乎可以反映出你心中的一切情感波澜，甚至，你看人时的眼神及看的方式都蕴藏着不同的含义。因此，目光是最富表现力的一种"体态语"，切不可小看了这简简单单的"一眼"。

尽管目光的运用和训练需要技巧，但目光的品质和魅力却是源自内心和一生的修养，是你内心世界照射出的一束明亮的光芒。

眼神是人际交往中最传神的一种非语言符号。目光和蔼真挚，充分地让对方感到你的稳重、宽容和教养。在与人交谈时，关注对方以示尊重对方、喜欢对方、重视对方，应表现出热情的关切。这种信息的传递所表现的魅力与诱惑，会引起多少美丽的遐想。

眼神是通过眼睛传递情感的一种动态语言。瞳孔的变化、眼球的活动直接受脑神经支配，因此，人的感情能从眼睛中反映出来。瞳孔的放大和收缩，真实地反映着人复杂多变的心理活动。

Photo-Taking Technique: Keep Your Beautiful Moment

（1）表情：微笑让你更美丽

　　微笑是有自信心的表现，是对自己的魅力和能力抱积极的态度。微笑可以表现出温馨、亲切的表情，能有效地缩短双方的距离，给对方留下美好的心理感受，从而形成融洽的交往氛围；可以反映本人高超的修养、待人的至诚。微笑有一种魅力，它可以使强硬者变得温柔，使困难变容易。从内心而来的微笑，表现在你的眼中、你的声音中、你的动作中。魅力女人的微笑总是那么迷人，让人不由自主地想靠近她，亲近她。那么，为什么要吝啬自己的微笑呢？微笑可以掩饰嘴角的法令纹，还可以让双颊丰满，脸部有立体感。

　　美丽的要素，就是微笑、微笑、微笑。女性的微笑是极具魅力的。亲切、温馨的微笑能迅速缩小彼此之间的心理距离，能创造出交流与沟通的良好氛围。微笑的时候，眼睛是亮亮的，经常微笑，会使一个人的整体感觉一直很up！

　　微笑的时候，应该眼角尽量向外用力，颧肌尽量向外，嘴角尽量上提。不要介意笑的时候会有皱纹，笑纹很好看。因为人是老还是年轻不在于皱纹，笑起来的人最年轻。

（2）角度：找到展现身材的最佳角度

镜头对着你的角度最好要略低一点，而不要比你高，否则会产生缩短的效果，让你的身高显得矮一些，所以你站的位置一定要高于镜头。

很多女性在面对镜头的时候都不知道如何选择正确的角度来展现自己。选择一个最佳的角度，不仅可以展现自己的身材，还可以扬长避短，将一个完美的自己呈现在照片上面，留下永恒的记忆。

拍照的最佳角度应该是侧身站立，侧身站立可以将你完美的身材展露无疑，让你看起来更优雅。侧身站立在视觉上较正面站立显得略微瘦一些，同时感觉上也比较动感，富于变化。侧身拍照可以摆出许多不同的姿势，不但造型丰富，而且活泼生动。正面拍照不但显得呆板，而且即使摆出不同的姿势，效果依然不明显。不同的侧面能展现不同的风采，避免拍出的照片过于呆板、不够生动。

TIPS：让你在镜头前更完美

●你应该站直，脚尖向外开，一只脚比另一只脚稍稍靠前，略微有点侧身，这样镜头拍下的图像就更有立体感；

●如果你不是非常年轻，那么照相时应该微笑，否则嘴旁的表情纹路往往会让你显得不愉快，或是很疲惫；

●在户外照快照时，你应该把墨镜拿开，但也不要直接面对阳光；

●如果你伸开双腿躺在沙滩上或甲板上拍照，最好是用髋部和肘部作为支撑，让你的身体侧起来，而不要四肢平躺，像个摊鸡蛋；

●如果你实在不知道怎么摆放你的双手，你可以把它们放在背后，只是不要放在屁股上就行；

●镜头对着你的角度最好要略低一点，而不要比你高，否则会产生透视缩短的效果，让你显得矮一点。

PART TWO

SOCIAL MANNER:

TO BE A

ELEGANT

LADY

[社交礼仪]
社交圈中的雅致丽人
Social Manner: To be a Elegant Lady

　　什么是社交礼仪？社交礼仪是指人们在人际交往过程中所具备的基本素质、交际能力等。社交在当今社会人际交往中发挥的作用愈显重要。通过社交，人们可以沟通心灵，建立深厚友谊，取得支持与帮助；通过社交，人们可以互通信息，共享资源，对取得事业成功大有获益。随着人们相互合作、相互交往的机会日趋增多，学会如何尊重自己、尊重他人，才能在前进的道路上应对自如，凸显个人魅力。

　　作为一名现代女性，生活在多姿多彩的时代中，随时需要应付不同的社交场合，需要在与人交往中给人留下美好的印象。女人的整体和谐美不仅依赖天生丽质，而懂得适当的社交礼仪，更可以拨开交际场中的迷雾，免除社交场中的胆怯与害羞，为自己平添更多的自信和勇气，充分展现你的靓丽风仪，在社交场中长袖善舞。一个女人以其高雅的仪表风度、完善的语言艺术、良好的个人形象，展示自己的气质修养，赢得尊重，将是自己生活和事业成功的基础。

　　一个时时刻刻心存精心修饰自己意识的女人，对自己一举一动自然会有所注意，肢体语言和表情语言都会有意识地向自己设想的形象靠拢，久而久之，优雅的举止就水到渠成。要想锻炼自己优雅的举止，你需要了解各种场合的礼仪知识，不断提高自身各方面修养，实现内在美与外形美的和谐。

　　礼仪之美会为形体美的女性增添风采，更能为形体之美焕发出独特的魅力。掌握规范的社交礼仪，还能为交往创造出和谐融洽的气氛，建立、保持、改善人际关系。

Ⅰ. 商务礼仪让你在工作中脱颖而出

作为一个职场女性，面对巨大的压力，经常会感到不知所措，经常要面对客户，洽谈、拜访、会议、商务宴请……所以，掌握正确的商务礼仪会让你在工作之中脱颖而出，成为真正的职场丽人。

一个动作，有时候可以改变人的一生。优雅的商务礼仪，甚至可以影响职业生涯的成功与失败。如果将事业看作一场盛宴，那么，要掌握其中的玄机也要从掌握优雅的商务礼仪开始。

1.良好的商务形象魅力无限

Good Business Image is Charming

　　商务礼仪涵盖了商务交往中的方方面面，包括礼貌、礼节、仪表、仪态，是人们在商务活动中逐渐形成的交流技巧和规范。商务礼仪很多时候和商务活动能否成功直接相关，你的个人形象和个人魅力会影响他人对你的判断，他们也会把对你的印象和对你公司的评价直接联系起来。Office是个很特别的地方，初入Office的女生还真得掌握一些必要的礼仪，充分展现你优雅得体的内涵，以最快的速度建立良好的人际关系，自然也会得到老板的重视。

To Be a Pretty Business Lady

最常见的商务妆容主要有三种形式。

办公室妆容：办公室妆容整体上应具有较强的包容性，能够与服饰和办公室气氛融为一体。妆面应洁净、自然、生动，妆容应讲究、精致，以适于对商务人士近距离的接触和交流，保持良好的工作形象。色彩淡雅是办公室妆容的基本着色要点，你必须明确你化妆的目的是为了有益于工作，而不是让自己如同明星般脱颖而出、光彩夺目。办公室通常有冷色和暖色两种光源，你要考虑不同光源下妆容效果的差异，尝试着调整出最适应自己肤色和在特定的光源下适宜的妆容。

社交妆容：社交妆容是用于社交场合的妆容，代表妆是晚妆，或称晚宴妆。晚宴妆通常是在典型的暖色光下、气氛浓重的环境中使用的妆面，是化妆技艺中要求较高的妆型，通常有高贵、优雅、性感、冷艳四个主题。你能塑造哪一个主题，不仅需要相应的妆容，还要与你的服饰和气质、风度相配合。有的人可以适应四个主题，有的人只能适应一个或两个主题。

晚妆是在完全没有自然散光的光线下的妆容，较容易表现轮廓感。想要画好晚妆，你要学习化妆技术，也就是学会用明暗和线条勾勒等方法，丰富你的轮廓感。晚妆较多使用紫色、玫瑰红色、银灰色、蓝色等突出主题的色彩，并较多用带有荧光的眼影或用于凸出部的高光色，在晚间的灯光下与有光泽的服饰相辉映，提高晚妆夺目的表现力。

户外妆容：自然光线下，特别是阳光下，容易表露皮肤的本质。肤质好的人，妆容可以本色一些，更多地表现你良好的天然姿

色；肤质差一点的人，妆容应重一些，以便更好地遮盖你的皮肤问题，比如用遮盖能力强一点的粉底等。室外光线充足，使用的粉底尽量与肤色接近，不宜使用过白的产品，避免妆面与皮肤不吻合，造成拙劣和让人难以接受的感觉。化妆的色彩可以明快一些，与室外活跃的气息和行动的动感相适应，更多地表现你的职业能力和活力。

　　户外妆容不容易保持，你要细心定妆并随身携带必需的化妆品，以及时补妆。最好选用具有防晒功能的复合性产品，化妆品应同时兼有防晒功能。用于室外的职业妆应保持清新自然的基本特点，用于室外的社交妆和生活妆，可以根据场合作相应的调整。

3.商务衣着的优雅品位

Good Taste of Business Dressing

　　西服套装是白领丽人的主流职业装，简洁、大方、精干是其特点。主要是深色毛料的套装、套裙或制服。深色不单是黑色，还有咖啡色、深灰、深蓝等。三件套分别为上衣、西装裙、宽松长裤。在多数正式场合，它们可相互配套或分开搭配，使之充分显示成熟、稳重与自信。正规场合，白领女士穿着一套上下统一的套服或套裙最为适宜。套服、套裙也可以像其他服装那样拆开来重新组合，使原有的"棱角"化解，而平添一股舒适、随意的韵味。

　　也可以适当地搭配一些饰物，但是应该以简单大方的样式为主，目的是与衣服配套，以免单一的着装过于呆板沉闷。

　　办公室服饰的色彩不宜过于炫目，一方面干扰办公环境，另一方面给人以不庄重的感觉。应尽量考虑与办公室色调、气氛相和谐，并与具体的职业相吻合。过于裸露、花哨的服饰是办公室大忌。

4.得体的商务礼仪规范

Rule of Decent Business Etiquette

待人接物的礼仪主要表现为见面、介绍、握手、相互介绍和问候、递送名片等礼仪，这些是现代女性的基本礼仪规范。在社交场合之中，掌握正确的待人接物礼仪，能够使你拉近与交往对象的距离，展现自己的修养，从而推动人际交往活动的顺利进行。

在商务礼仪之中，最常见的三种情况就是接待客户、与客户洽谈业务和商务拜访。把握好这几个方面的分寸，就会在商场中如鱼得水，轻松做个职场丽人。

（1）接待

介绍

在商务场合中，经常会接触到许多不同的人，互相介绍是常见的。

为别人做介绍的要点是从脖子到肩、手臂的曲线，小臂不能下垂，手臂屈伸适度，以合适的角度指向被介绍人。顺序自然是先将身份较低的一方介绍给身份较高的一方，先将男性介绍给女性。

当你被介绍时，可能所有人的注意力就会一下子集中到了你身上。这时你怎么反应是很重要的，这是你表现自己的契机。一般来说，被介绍人应该这样做：

先站起来，并正面对着对方，显示出有礼貌并乐于结识对方的诚意。介绍完毕，通常应与对方握

手致意，并说声"您好"、"幸会"一类的客套话。男士起立，女士同样也要起立。即使你无法起立，也应尽可能做起立状，只有你的身份高于对方才可以不起立。

当你被介绍时，不管你正在想什么或做什么，应该微笑着走上前去，目视对方，同时伸出你的手，与对方热情、友好地握手。不要让人感到你对被介绍的人不在意，不要冷冰冰的样子，那样会让人感到你的傲慢、不懂礼貌。

自然、巧妙地介绍自己和他人，这是社交中的基本礼仪，是每个现代丽人都应该熟悉的。

握手

握手是一种常见的"见面礼"，貌似简单，却蕴涵着复杂的礼仪细节，承载着丰富的交际信息。首先，握手必须要有正确的姿势。行握手礼时，上身应稍稍往前倾，两足立正，伸出右手，距离受礼者约一步；四指并拢，拇指张开，向受礼者握手，礼毕后松开。距离受礼者太远或太近都不雅观的，尤其不要将对方的手拉近自己的身体区域。握手时必须上下摆而不能左右摇动。

请注意：这个方法，男女是一样的！在中国很多人以为女人握手只能握她的手指，这是错误的！

在社交场合，行握手礼时应注意以下几点：

A. 人们应该站着握手，或者两个人都坐着。如果你坐着，有人走来和你握手，你必须站起来；

B. 握手的时间通常是3～5秒钟。匆匆握一下就松手，是在敷衍；长久地握着不放，又未免让人尴尬；

C. 握手时应该伸出右手，决不能伸出左手；

D. 握手时不可以把一只手放在口袋里。

接递名片

出席重大的社交活动，一定要记住带名片。

无论参加私人或商业餐宴，名片皆不可在用餐时发送，因为此时只是从事社交而非商业性的活动。这里值得注意的是，应事先将名片准备好，时机一到，就双手递上。应避免这种情况：事先没准备好，要递名片时，上上下下，各个皮夹、口袋乱摸。摸了几分钟，摸是摸出来了，仔细一看，还是别人给的名片，于是又开始重新找。这会给对方造成极坏的印象。

递名片：向对方递名片时，应面带微笑，注视对方，将名片正面对着对方，用双手的拇指和食指分别持握名片上端的两角送给对方。如果是坐着的，应当起立或欠身递送，递送时说一些"这是我的名片，请您收下"之类的客套话。

Decent Business

接名片：接受他人递过来的名片时，应尽快起身，面带微笑，用双手拇指和食指接住名片下方的两角。如果是初次见面，最好是将名片上的重要内容轻声读出来，以示敬重。然后将名片放入自己口袋或手提包、名片夹中。

接受名片，也要注意礼节。在对方掏名片时就要有很感兴趣的表示，接名片可用单手，若对方是尊长的，要用双手。千万不要看也不看就装入口袋，也不要顺手往桌上一扔，更不要往名片上压东西，这样对方会感到受了轻视。名片收到后，要说一句"很高兴认识你"或"一定拜访"等。需要交换名片时，可以掏出自己的名片与对方交换。

商务活动中的眼神

　　眼神一向被认为是人类最明确的情感表现和交际信号，在面部表情中占据主导地位。人的喜怒哀乐、爱憎好恶等思想情绪的存在和变化，都能从眼睛这个神秘的器官中显示出来。

　　在社交活动之中主要采用的是公事凝视。这种眼神是用于洽谈业务、进行贸易谈判时的一种凝视行为，就是用眼睛看着对话者脸上的三角部分，这个三角以双眼为底线，上顶角到前额。洽谈业务时，如果你看着对方的这个部位，就会显得严肃认真，别人也会感到你有诚意。在交谈过程中，你的目光如果始终落在这个三角部位，你就会把握谈话的主动权和控制权。

　　在交际活动中，要坚定、温暖地注视别人，要有穿透的目光，眼神不要飘忽不定。百分之百的注视会让人很不舒适，或者会产生敌意，克服这个问题的技巧是：50%地注视，快速移过去再快速移回来，给人一个喘息的机会。

(2) 拜访

　　拜访前，最好用电话或书信与主人约好时间。时间约定后，要准时赴约。如遇特殊情况，要事先与主人打招呼，重新约定拜访时间。拜访的礼仪要注意选好拜访时间。尽量回避被访者的用餐时间；仪表应整洁、庄重，着装要朴素大方，以表示对主人的尊重；到主人门前时，要轻轻敲门或按门铃。

敲门

　　要成为一名举止得体的淑女，不要小看了开门和关门这个每天不知要重复多少次的动作。把握这个小小的细节，让别人对你的看法瞬间提升。

　　即使是进自己的办公室，如果门是关着的，你也应该先敲一下，或许有同事正趁着室内没人在里面处理个人的事，你应当避免看到别人不愿意让人看到的事情，这是对他人的尊重。养成敲门的习惯会使你终身受益。敲门的时候也要注意，用手指的中间关节轻敲三下。有门铃的时候轻轻按一下，如果没有反应，再重复一次。

　　但不能长时间地按门铃，更不能用手掌拍门、用拳头捶门。得到允许后，应握住把手轻轻推门进入，然后转身轻轻把门关上，不能反手带门。进入房间要注意脚下，要是被地毯绊着，样子会非常狼狈。

　　离开他人的房间也要随手关门。关门时应该面向门里将门轻轻关上，不能背对着屋里的主人关门。若手里拿着东西或者其他不方便的时候，可以先把东西放下，再开门或关门，也可以请别人为你帮忙，但不要用脚，甚至膝盖来帮忙。

坐姿（浅坐）

　　谈话、谈判、会谈，这种场合一般比较严肃，适合正襟危坐。要求上体正直，臀尖落座在椅子的中部，双手放在桌上、或将一只手放在椅子扶手上都行。

　　女士在社交场合，为了使坐姿更优美，可以采用略侧向的坐法，头和身子朝向对方，双膝并拢，两脚并拢或一前一后都可以。在落坐时，应把裙子整理好，以免不雅。

　　倾听他人教导、指示时，坐姿除了要端正外，还应该坐在椅子的前半部或边缘，身体稍向前倾，对对方表现出一种积极、重视的态度。

　　女士坐姿要求两膝盖不分开。即使想跷腿，两腿也要合并。和客户一起入座或同时入座的时候，要分清尊次，一定要请对方先入座。一般讲究左进右出，这是"以右为尊"的一种具体体现。坐的时候动作要轻。在客户面前就坐不要背对着对方，一般坐在椅面的2/3就比较合乎礼节了。在工作中需要就坐时，通常不应当把上身完全倚靠着椅背。在跟客户交谈时，为表示重视，不仅应面向对方，而且同时要把整个上身朝向对方。

TIPS: 商务拜访的注意事宜

　　● 当你被引到约见者办公室时，如果是第一次见面，就要先做自我介绍。如果已经认识了，只要互相问候并握手就行了。

　　● 一般情况下在商务拜访过程中要尽快地将谈话进入正题，清楚直接地表达你要说的事情，不要讲无关紧要的事情。说完后，让对方发表意见，并要认真地听，不要辩解或不停地打断对方讲话。你有其他意见的话，可以在他讲完之后再说。

　　● 面对对方的举动应该十分敏感，当人家有结束会见的意思时应立刻起身告辞，切忌死赖着不走。尽量在吃饭时间之前离开，除非约好共同进餐。

　　● 到办公室拜访，特别是一般性的工作访问，多数情况下不必准备什么礼物。但若是为了感谢对方单位的支持，就应准备相应的礼品。

II. 约会礼仪——让丘比特找到你

心仪的他终于提出约会，而且还是在城中有名的高级餐厅约会。这次不但不可以在人面前失态，更要留下良好印象。谨记"整齐、清洁和保持安静"三项原则便可无往而不利。以下提及一般人常犯的错误，如果你在这些细微地方都表现得大方得体，他心里一定会暗暗为你加分。

1.打扮漂亮去约会

Slick up to Date

　　内向型的男子一般较为被动，你可运用较"主动"的色调和较为大方能体现女人味的款式，以及质地光滑、细腻的服装。比如紫色、碎红色、浅蓝色的真丝缎纹式人造丝、棉、毛织物的中短裙，配以女性味十足且带有金属亮片的手袋等，这样会使你面前较为被动的男子消除沉闷感，使气氛活跃，使他能敞开心扉与你交谈。

　　相反与外向型的男子约会，你可选用"被动"的搭配。一般这样的男子较喜欢娴静温柔的女孩，所以您可选择较清新、淡雅的色彩，款式简洁、质地朴素的服饰形象，做一个"聆听者"。首饰与饰品均应斯文、大方，不要过分夸张，建议多选用全天然材质的物品。

　　综合型的男子第一次约会你，你在服饰的色彩、款式、质地三方面均要好好花一番心思，因为这类男子最有思想、最有头脑。要根据他的性格与心理，不能太夸张、鲜亮，也不能太简朴。

　　中性的色调，不要太保守，也不要穿着过分"献媚"的款式，不要选极富光泽或飘逸的面料和饰品，要含蓄而奔放。多选择些既富女人味又富个人风格的搭配。如深紫和黑的交叉，或清一色净素的搭配，这样会使你未来的男友觉得你既富女人味，又有思想和品位，有风格又不造作，这样的你必定是最动人的。

2.给他留下完美的第一印象

Leave Him a Perfect First Impression

约会时留给对方的第一印象非常重要，这或许会影响你们以后的进一步交往。

答应对方的邀请后如果临时有事要迟到甚至取消约会，必须事先通知对方。赴会时稍迟是可以接受的，但若超过15分钟便会给对方不重视约会的坏印象。

进入餐厅后男士通常会让女士先行，这时不妨自信地跟着侍者到预订的座位，不要坚持做他"背后的女人"。

来到座位后不需要第一时间拉出椅子坐下，因为对方可能已准备好为你拉开椅子，就给他一个表现绅士风度的机会吧。

TIPS：让配饰妆点你的魅力

首饰：首饰以少为美的原则。

●颈部短的人选择纤长的项链，能增加颈部的长度；颈部长的人所佩戴的项链不宜过细过长，两三串箍颈项链或颈圈都是不错的选择。

●耳环对脸型能起平衡的作用。椭圆形脸比较容易选择耳环的样式；方下额的人应佩戴长形或是花枝状的耳环；长脸型的人可选择圆形的耳环；尖下巴的人则更适合戴有吊坠的耳环。耳环的大小应与脸部成正比。

●纤细的手指可以佩戴任何一种款式的戒指；短而扁平的手指，若佩上蛋形指面的戒指，也会增加它的细长感。手指长应选择宽边的戒指，手指短的则适合窄边的戒指。

●丰满圆润的臂腕，适合佩戴宽松一些的手镯；反之，臂腕较细的人应选择较窄的手镯。

●千万别忘了，首饰要与服装协调统一哦。造型上相呼应，色彩上相配合，是最基本的原则。

提包/拿包： 宴会提包通常有三种款式可供选择，看看你选择的是哪一种。

　　肩挎式皮包： 拇指从内侧，无名指和小指从外侧按紧背带，食指和中指轻轻搭在背带上。记得用手臂加紧皮包，歪歪斜斜地背着皮包有失优雅。

　　手提皮包： 双手的位置比站立时略高一些，右手从上方握住提手，左手轻轻搭在提手一侧。皮包放在身体右侧会比较优美。举杯或进餐时，只需将手袋自然地挽在手臂上即可。

　　晚装手袋： 小巧的晚装手袋能提升人的闪亮度，但如果被漫不经心地拿在手中，效果却适得其反。用手臂夹住晚装手袋，从背后不能看到手袋，因为手袋从后面探出去，可能会碰到别人，而造成尴尬局面。

Know More about Each Other through Dating Detail

表情

产生温柔感的初次见面表情

具体而言，首先要收下巴，从鼻子慢慢吸入空气至胸部，此时眉毛成弧形，眼睛又大又有神采。然后将视线移向对方，轻柔地接触，好像在迎接对方一样。

其次，将空气由鼻孔缓慢吐出，一面放松肩膀的力量。脖子稍微朝右或右倾，表现"安心"的状态，眼神好像在诉说接纳的含意。

然后，唇的两端略向上拉成微笑型。初次见面的造型到此完成，第一印象绝不会失败。

眼神

　　你的眼神一定要具有"女人味"。所谓"女人味"的传统定义是柔弱、被动与孩子气，尤其是在外表与言语举止方面，女性应该羞羞答答，风情万种，以退为进，让约会的男士为你着迷。今天，时代虽然不同了，但是大多数男士所喜爱的女性，还限于传统的温柔、体贴、有教养。如果你能在交往中用目光成功地表现出你的这些"女人味"，那么在异性的眼里，你一定会魅力大增的。一个要获得异性青睐的女孩，首先应注意对自己眸子的锤炼。

　　表达爱意时，最好的方式是用目光温柔地注视对方，因为"脉脉含情"、"暗送秋波"的目光带来的效果是语言所无法比拟的。印尼民歌中有句歌词"甜蜜爱情从哪里来，是从眼睛里到心怀"，极富描写力地表现了这种感觉。

　　传神的目光给人魅力，宁静的目光给人稳重，快乐的目光给人青春，诚挚的目光给人信赖。女人应学会用目光来表现自己，永远也不要忘记这样一句格言：会使用目光的女人才是真正的女人。

坐姿

坐在椅子上时上身应该坐直，不要紧靠在椅背上，落座以前应该先确认椅子位置，落座时，转过身确认椅子的位置，这种举动是十分不雅观的。应当在落座前轻轻后退，用小腿确认椅子的位置，然后自然地抚平裙子坐下。

坐下后，背部与椅背之间应保持一个小手袋的距离，如果想保持优美坐姿，就一定不能靠着椅背。用眼睛正视前方，别只顾垂头逃避对方的视线。手腕（不是手肘）可自然地放在桌子边缘上。椅子和桌子的距离不宜太远，否则进餐时会增加身体移动的机会。

两条腿要并紧，右腿略微向后撤，双腿微偏向左方。这样，腿部轮廓最优美动人。有一种优美的坐姿，经常能在欧美上流社会女性的姿态中看到：身体的基本坐姿与上面相同，只是双腿可以以更大的角度偏向一边，右脚踝搭在左脚踝上。这样，即使谈话很投入，膝盖也不会在无意中展开，能时刻保持动人姿态。

话题

约会中交谈，是了解对方和表现自己的最佳时机。这时，你应掌握住谈话的主动权，尽可能地多从谈话中了解一些对方的兴趣、爱好，避免把自己的不足过早地暴露给对方，使局面向有利于你的方向发展。

双方要避免长时间的冷场。约会时的话题，最好是使气氛愉快的话题，谈话的内容要求通俗广泛，提问要短，要使对方乐于回答，也能回答。譬如说电视节目、报纸社会版等方面的话题，或是有关音乐，运用自己身边可爱的宠物，因为谈些轻松有趣的话题，更可以拉近你俩陌生的距离。男女双方都可有意识地作些自我介绍，包括自己家庭成员与个人爱好、特长等，但切忌自我吹嘘。

约会时一定要保持开心、快乐的情绪和心境，因为约会不是上课，无需说教，更不必对人格有所感召，所以话题一定要轻松。

如果对方喜欢大发议论，你也不要打断他的议论，不妨做个忠实的听众。同时你自己也不要说一些学术性的话题。

谈论轻松的话题

4. 完美的分别

Perfect Way to Part

眼神

男女交往时，眼睛"放电"是感情交流的重要方式。不同的眼神有不同程度的电波，不同特性的人对不同的电波有不同的感应力，如果想增加对对方的吸引力，也可以学习如何"放电"，如何让眼神更带"电"。

首先你应掌握如何注视他，传情的眼波不能死死地盯着对方看，最好的做法是，先注视对方5~10秒，之后转开眼睛2~3秒，然后再充满笑意地迎上他的目光。这种眼神一定要真诚和由心而致，能不能做好的标准是首先能不能感动你自己。在摸索和练习的过程中，你可以多看一些经典、感人的爱情影视剧，多观察剧中男女之间怎样用眼神，多模仿，多练。这是修炼情感眼神的一个好方法。

要用好眼神，眼神的光泽和神采很重要。为此，在饮食方面可多吃一些含维生素A的食物，帮助眼睛保持和增添水润和生气，让眼神更有光采。还可加强眼部训练，可做美化眼神的眼部体操，常做眼部"体操"可提高眼球、眼睑运动的幅度、灵活性和可控能力，从而让你的眼神更为灵动。

III. 餐会礼仪——吃出品位

这里要特别提醒大家注意接到邀请函后的确认问题。

接受到邀请函之后，应该尽快给主人答复去或不去，即使不去，也要表示出你对主人的尊敬和礼貌。如果接到邀请函之后，等待邀请方的再三确认，对于邀请人来说，这是非常没有礼貌的，而且他们会感到自己没有被尊重。

对于西方人，尤其是欧洲国家来说，宴会的开始时间，如果邀请函写明宴会7点开始，那么主人觉得你应该到的时间是7点15分左右。

有很多正式宴会在开始前会有一个小型鸡尾酒会。有些时候，主人会直接组织一个没有正餐而只有酒会的招待会，酒会往往在6点到7点半之间进行，之后大家各自散去自己吃饭。可是因为这个时间正是中国传统的吃饭时间，很多不经常参加酒会的人会有被怠慢的感觉。所以，在参加之前应看清楚请柬上的说明。如果肚子饿的话，可以礼貌地和主人道别后先行离去。

1.优雅的用餐姿态

Elegant Attitude in Meal

坐姿

●最得体的入座方式是从左侧入座。这样做是一种礼貌，而且也容易就坐。

●位子被拉开后，身体在几乎碰到桌子的距离站直，领位者会把椅子推进来，腿弯碰到后面的椅子时，就可以坐下来了。就坐后，坐姿应端正，上身可以轻靠椅背。不要用手托腮或双臂肘放在桌上。不要频频离席，或挪动座椅。用餐时，上臂和背部不要靠到椅背，腹部和桌子保持约一个拳头的距离。两脚交叉的坐姿最好避免。

●入座时动作尽量轻一些，不要使座椅发出声响。

点餐

●菜单就是点菜的向导。如果你对某种配料或者对某种菜肴的味道不太了解，尽管去问服务生，他或许还能把厨师叫出来为你讲解。在你决定之前，服务生也会主动向你推荐一些特色菜。

●当大家都做好决定后再把服务生叫来点菜。在外面吃饭就要好好享受，大家都不喜欢被催着做决定。把菜单合上是全球通用的"我选好了"的信号。

●最重要的一条是：有问题就问。尽管要求更换饭菜中某些不适合你的配料，不必客气，只是不要给服务生列上一堆太挑剔的要求。

中途起身

●在进餐的过程中不要起身离开。如果有重要的事情要中途离开的话，不要突然站起来，身边如果有人在座，应该用语言或动作向对方先示意，随后再站起身来。

●在离开的时候，尽量不要发出声响，悄声离开，不要影响到同桌就餐的人。

离座：步态

●进餐结束的时候，和别人同时离座，起身离开座位的时候，要注意先后次序。地位低于对方的，应该稍后离座；地位高于对方时，可以首先离座；双方身份相似时，可以同时起身离座。

●起身缓慢。起身离座时，最好动作轻缓，不要"拖泥带水"，弄响座椅，或将椅垫、椅罩弄得掉在地上。这样的行为都是失礼的。

●从左离开。坐起身后，应该从左侧离座。

2.格调高雅的西餐礼仪

Elegant Western-Style Food Etiquette

使用餐巾的礼仪

在正规的晚餐中，女宾具有放好餐巾的优先权，男士要等女士放完才开始动手。最好用双手打开餐巾，不要来回抖动。西餐餐巾应该全面展开，较大面积的餐巾则应该展开到对折，并将开口朝外置于膝上。对折的目的是防止错拉到餐巾，而开口朝外则是方便拿起擦拭嘴巴。

就餐期间，除非你站起来，否则餐巾应该随时盖在你的膝盖上。如果暂时离开座位，可将餐巾放在椅子上。

擦拭嘴巴时，拿起餐巾的末端顺着嘴唇轻轻地压一下，弄脏的部分为了不让人看见，可往内侧卷起。涂了口红的人应在用餐前以面纸轻压，而不应该将口红印在餐巾上。

餐巾除了用来擦拭嘴巴、手、手指以外，也可以在吐出鱼骨头或水果核时，拿来遮住嘴巴。将鱼骨头或水果核吐出时，可以用餐巾遮住嘴后，用手指拿出来或吐在叉子上后再放在餐盘上；也可以直接吐在餐巾内，再将餐巾向内侧折起。服务生会注意到并换上一条新的餐巾。

用餐完毕后，就可以将餐巾拿掉了。当大家都要离开餐桌时，将餐巾大致折叠一番，但不必叠得很整齐，很自然地放在餐桌上或是椅子上，然后离席。千万不要把餐巾挂在椅背上，或是揉成一团放在桌子上。

正确使用餐巾

擦拭口红

刀叉的基本使用方法

使用刀叉时，从外侧往内侧取用刀叉，左手持叉柄，食指置于叉背，以固定食物；右手持刀柄，食指置于刀背，切割就很方便。右手拿刀，左手拿叉，是一般通用的方法，可以因为个人的喜好而改变。

用叉子压住食物的左端，固定，顺着叉子的侧边用刀切下约一口大小的食物，叉子即可直接叉起食物送入口中。刀子的移动也有要领，首先要用力在左手的叉子上，再轻轻移动刀子，将刀子拉回时不可用力，而是在向前压下时用力，这样才能利落地将食物切开。

正确使用刀叉

如何摆放刀叉

刀叉除了具有将食物送到口中的功能之外，还有另外一项非常重要的功能。

刀叉的摆放方式传达出"用餐中"或者"用餐结束"的信号。服务员正是根据这种信号来判断客人用餐的情况，从而决定是否收拾餐具并准备接下来的服务。

刀刃一侧一定要面向自己，刀刃面向他人是一种敌意的表现。用餐未结束的摆放方式是这样的：叉子的正面向上，刀刃面向内侧，摆成"八"字形状摆在盘子中央。这样就表示没吃完，还要继续吃。每吃完一道菜，将刀叉并排放在盘中，表示已经吃完了，可以将这道菜或盘子拿走。

进餐之中

进餐完毕

西餐的注意事项

谈话时，可以拿着刀叉，不用放下来，但不要挥舞。不用刀时，可用右手拿叉，但需要作手势时，就应放下刀叉，千万不要拿着刀叉在空中挥舞摇晃，不要一手拿刀或叉，而另一只手拿餐巾擦嘴，也不要一手拿酒杯，另一只手拿叉取菜。任何时候，都不要将刀叉的一端放在盘上，另一端放在桌上。

在进食西餐时，用餐时打嗝是大忌。取食时，拿不到的食物可以请别人传递，不要站起来。每次送到嘴里的食物不要太多，在咀嚼时不要说话。对自己不愿吃的食物也应放在盘中一些，以示礼貌。不应在进餐中途退席。确实需要离开，要向左右的客人小声打招呼。饮酒干杯时，即使不喝，也应该将杯口在唇上碰一碰，以示敬意。当别人为你斟酒时，如果不需要，可以简单地说一声"不，谢谢！"或以手稍盖酒杯，表示谢绝。

就餐期间，如果暂时离开座位，可以把餐巾放在椅子上。千万不要把餐巾放在桌上，否则就意味着你不想再吃，让服务员不再给你上菜。

不要将刀叉面向他人

别挂餐巾在胸前

不需要斟酒

离席时餐巾摆放

3.中餐桌上的款款淑女

Sylphlike Woman on The Side of Chinese Food Table

筷子的拿法

●筷子必须是成双使用的，拿筷子的时候从筷子中央部分拿起，左手从下方接住筷子前端，再将右手移至筷子尾端，拿好。

●大拇指指腹与无名指支撑固定。以食指和中指夹住筷子中央，夹菜时只动上筷，下筷保持平稳状态。大拇指置于两指重叠处。

●暂时不用筷子时，要放在筷托上，或支放在自己的碗、碟边缘上。不要把它直接放在餐桌上，也不能横放在碗、盘，特别是公用的碗、盘上。

●放筷：右手持筷子中央部位，左手从上握住筷子，右手从上拿起筷子中央后，再放下。

正确拿筷

勺子标准的拿法

右手拿勺子的柄端，食指在上，按住勺子的柄，拇指和中指在下面支撑。有的人拿勺子的方式是拇指在上，按住勺子的柄，而用食指和中指在下支撑，这是不正确的。

用勺子取食物的时候，不要过满，免得溢出来弄脏餐桌或自己的衣服。如果有必要，舀食物后，可以在原处稍停片刻，汤汁不会再往下流的时候，再移回来享用。

正确拿勺

碗的拿法

用左手的拇指拿住碗缘边，用其余的四个手指托住碗底。

在商务场合用餐，不要端起碗来吃，更不能双手端起碗来吃。吃的时候要用筷子、匙来辅助，不能直接"下手"或"下嘴"，也不能去吸吮碗边。

如果盘子或碗里还有点剩余的食物，不要直接倒进嘴里，更不要去舔，可以用筷子或勺子来处理。

不用的碗，也不要往里面乱扔东西，比如一些不用的餐巾纸等。把碗倒扣在餐桌上也是不礼貌的。

Chinese

TIPS

●筷子不用的时候不能插在食物或菜上面，也不可以用筷子来叉食物。

●和别人谈话，可以暂时放下筷子，不要用它来"指手划脚"，更不能用筷子敲击碗、盘等餐具。这些行为是十分不雅观的。

●用勺子舀汤喝的时候，不要端起来直接喝，喝的时候也不要发出声音。如果食物太烫，等汤凉了再喝，不要用嘴对着碗吹。

●不吃的残渣、骨刺不要吐在地上、桌上，而要放在食碟前端。不能直接从嘴里吐在食碟上，可以用筷子或手协助。

●食碟用脏了或骨、刺放满了，可以让服务生来更换。

IV. 聚会礼仪
——做个典雅的PARTY QUEEN

商务聚会有很多种形式，现在国际上通用的商务聚会形式多数是以自助餐的形式为主。自助餐，有时亦称冷餐会，它是目前国际上所通行的一种非正式的西式宴会，在大型的商务活动中尤为多见。它的具体做法是：不预备正餐，而由就餐者在用餐时自行选择食物、饮料，然后或立或坐，自由地与他人在一起或是独自一人用餐。

1.自助餐：时尚的饮食文化

Buffet, a Fashionable Dinning Culture

自助餐在英文中为Buffet，原意是冷餐会、酒会。二次大战时，自助餐形式被广为引入美军后方驻地的军用食堂，其内容已大大超出酒会的小吃范畴，发展成主食、甜品、热汤等可供挑选的就餐形式。战后，美国风情成为一种消费形式的招徕品，这种美式自助餐随着一些世界级连锁五星级酒店向香港东南亚等地的进驻，而被介绍进中国，逐渐地成为一种时尚饮食文化。

自助餐，并不算某一菜系，却可以将任何一种菜系囊括其中。从街边小店的火锅烤肉到五星级酒店里的海鲜大餐，都可以以自助餐的形式出现在我们面前，价格也从十几元到几百元不等。自助餐还以另一种场景表现在极高级的星级酒店或西餐厅中，在昏黄柔和的灯光及轻音乐的烘托之下，自助餐显得温文尔雅，食客亦文质彬彬。对于每道现存的或新上来的食物，他们不急不慢，不温不火，有许多不得不重视的规则。

2.吃出优雅自在的淑女风范

Eat Like a Graceful and Free Gentlewoman

在此主要是指在以就餐者的身份参加自助餐会时，所需要具体遵循的礼仪规范。一般来讲，在自助餐礼仪之中，享用自助餐的礼仪对绝大多数人而言，往往显得更为重要。

（1）注意事项

A. 要排队取菜。在享用自助餐时，首先要准备好一只食盘。轮到自己取菜时，应以公用的餐具将食物装入自己的食盘之内，然后应该迅速离去。切勿在众多的食物面前犹豫再三，让身后的人久等，更不应该在取菜时挑挑拣拣，甚至直接以自己的餐具取菜。

B. 要循序取菜。在自助餐上，如果想要吃饱吃好，那么在具体取用菜肴时，就一定要首先了解合理的取菜顺序，然后循序渐进。按照常识，参加一般的自助餐时，取菜时一般是按照顺时针方向取菜，标准的先后顺序，依次应当是冷菜、汤、热菜、点心、甜品和水果。因此在取菜时，最好先在全场转上一圈，了解一下情况，然后再去取菜。

C. 遵循多次少取的原则。在享用自助餐时，要量力而行。多吃是允许的，而浪费食物则绝对不允许。这一条，被世人称为自助餐就餐时的"少取"原则。在自助餐选取某菜肴时，取多少次都无所谓，一添再添都是允许的。相反，要是为了省事而一次取用过量，装得太多，则是失礼之举。

D. 在选取菜肴时，切记不可冷热同盘。最好每次只为自己选取一种，待吃好后，再去取用其他的品种。要是不谙此道，在取菜时乱装一气，将多种菜肴盛在一起，导致其五味杂陈、相互窜味，则难免会暴殄天物。

E. 避免外带。所有的自助餐，不论是以待客为由，主人亲自操办的自助餐，还是对外营业的正式餐馆里所经营的自助餐，都有一条不成文的规定，即自助餐只许可就餐者在用餐现场里自行享用，而绝对不许可对方在用餐完毕之后携带回家。

F. 要送回餐具。在自助餐上，既然强调的用餐者以自助为主，那么用餐者在就餐的整个过程之中，就必须将这一点牢记在心，并且认真地付诸行动。在自助餐上强调自助，不但要求就餐者取用菜肴时以自助为主，而且还要求其善始善终，在用餐结束之后，自觉地将餐具送至指定之处。

（2）取食手势

餐盘的拿法

左手持盘，餐叉用大拇指固定于餐盘上方，以免滑落。

杯盘共拿的方法

如何优雅地拿着酒杯，是许多人的疑问。

其实这并不难：用拇指、无名指和小指牢牢握住杯脚下方，中指扶着杯脚，食指轻搭在杯脚与酒杯连接处。手指尽量伸直，显现手部优美曲线。

以餐具夹菜

自助式餐会提供的餐点为多人份，故会提供较大的餐具方便取菜，正式做法是用单手夹取。当然，双手取菜也没问题！

3.自助餐中的交际活动

Social Communication in Buffet

话题

在社交场合中，尤其是与初次见面的朋友进行沟通，不要以私人生活作为主要的话题，而是尽量以天气、环境、电影、书籍等轻松的话题为上选，不要寻问别人的私事。

交谈时坚持"六不问"原则。年龄、婚姻、住址、收入、经历、信仰，属于个人隐私的问题，在与人交谈中，不要好奇地询问，也不要问及对方的残疾和需要保密的问题。在谈话内容上，一般不要涉及疾病、死亡、灾祸等不愉快的事情；不谈论荒诞离奇、耸人听闻、黄色淫秽的事情。与人交谈，还要注意亲疏有度，"交浅"不可"言深"，这也是一种交际艺术。

表情

进入酒会现场，你应该对迎面相遇的任何一位宾客点头微笑，而且让这种笑容时刻挂在脸上，嘴角上扬，稍微用力向两侧拉。眼睛弯弯，闪现出友善的光芒，时刻准备着开始一次愉快的交谈。

眼神

与人谈话时，要彬彬有礼，眼睛里放射出温和而亲切的目光，既不咄咄逼人，又绝无怠慢敷衍之意。做到这一点的要领是：彻底放松精神，把自己的目光放虚一些，不要聚焦于对方脸上的某个部位，而是好像在用自己的目光笼罩住对面整个的人。

有教养的一个最重要的体现就是能够控制自己的情感，不轻易让它流露出来浸染周围的其他人。因此，一个人对于自己不喜欢的人或事情，轻易地就做出一种鄙夷或不屑的眼神，实质上并不能显示出他高尚多少，相反倒是反映出他的狭隘与无礼。应注意：类似斜视、瞟、瞥与鄙夷的眼神在社交场合之中尽量不要使用。

微笑表情

恰当的眼神

社交仪态

要积极交际。一般来说，参加自助餐时，商务人员必须明确，吃东西往往属于次要之事，而与其他人进行适当的交际活动才是自己最重要的任务。在参加由商界单位所主办的自助餐时，情况更是如此。

在参加自助餐时，一定要主动寻找机会，积极地进行交际活动。首先，应当找机会与主人攀谈一番；其次，应当与老朋友好好叙一叙；最后，还应当争取多结识几位新朋友。

在自助餐上，交际的主要形式是几个人聚在一起进行交谈。为了扩大自己的交际面，在此期间不妨多换几个类似的交际圈。只是在每个交际圈，多少总要待上一会儿时间，不能只待上一两分钟马上就走，好似蜻蜓点水一般。

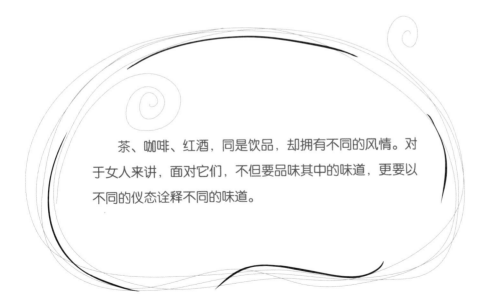

Charming Details When Drinking

V. "喝"的魅力细节

　　茶、咖啡、红酒，同是饮品，却拥有不同的风情。对于女人来讲，面对它们，不但要品味其中的味道，更要以不同的仪态诠释不同的味道。

1.品茶中体现优雅

Graceful Looking While Drinking a cup of Tea

在日常生活中，以茶待客的礼仪是必不可少的。待客用茶应做到：茶叶质量好，沏茶水质好，茶具质地好，泡茶调制好，待客礼貌好。总之，我们待客敬茶所遵循的就是一个"礼"字，我们待人接物所取的是一个"诚"字，让人间真情渗透在杯杯茶水中，渗透在每个人的心灵里……

在饮品礼仪中，有"浅茶满酒"的讲究，一般倒茶或冲茶至茶具的2/3到3/4左右，如冲满茶杯，不仅烫嘴，还寓有逐客之意。敬茶时一定要洗净茶具，切忌用手抓茶。以茶敬客在待客之际是一种绝对不可缺少的重要礼仪。

（1）敬茶的雅致风仪

以茶待客时，一般应当事先将茶沏好，装入茶杯，然后放在茶盘之内端入客厅。如果来宾较多时，务必要多备上几杯茶，以防供不应求。

标准的上茶步骤是：双手端着茶盘进入房间，首先将茶盘放在临近客人的茶几上或备用桌上，然后右手拿着茶杯的杯托，左手附在杯托附近，从客人的左后侧双手将茶杯递上去。茶杯放置到位之后，杯耳应朝向外侧。若使用无杯托的茶杯上茶时，亦应双手捧上茶杯。

从客人左后侧为之上茶，意在不妨碍其工作或交谈的思绪。万一条件不允许时，至少也要从其右侧上茶，而尽量不要从其正前方上茶。

为客人敬茶时，一定要注意尽量不使用一只手上茶，尤其是不要只用左手上茶。同时，双手奉茶时，切勿将手指搭在茶杯杯口上，或是将其浸入茶水，污染茶水。

（2）品味清新茶韵

在饮茶时，要懂得细心品味。这样做，不仅体现着自身的教养，而且也是待人的一种礼貌做法。

在饮茶之时，应当一小口、一小口地细心品尝。每饮一口茶后，应使其在口中稍作停留，再慢慢地咽下去，这样品茶才有味道。

在端起茶杯时，应以右手持杯耳。端无杯耳的茶杯，则应以右手握茶杯的中部。不要双手捧杯，以手端起杯底，或是用手握住茶杯杯口。

使用带杯托的茶杯时，可以只用右手端起茶杯，不动杯托。也可以用左手，将杯托连茶杯，托至左胸高度，然后以右手端起茶杯饮之。

TIPS：注意事项

● 饮茶的时候，不要将茶叶一起吞入口中，更不能用手将茶叶从茶杯中取出，甚至放入口中食之。

● 如果有茶叶进入嘴里，切勿当场将其吐出，或是嚼而食之，或找合适的时机将其取出。

● 茶太烫的话，也不要去吹，或是用另一只茶杯去折凉茶水，而最好待其自然冷却。

● 女士喝茶前，应该先用化妆纸将口红轻轻擦掉些，以免口红印留在杯子上。

2.魅力独到咖啡情调

Special Emotional Appeal When Drinking Coffee

女人好像咖啡，一种集众多味道于一身的饮料。聪明的女人总会给自己一些时间，独自释放情怀，咖啡虽苦，却不失优雅，善用这份苦便自成品位。

（1）怡然自得品味咖啡馥郁

在餐后饮用的咖啡，一般都是用袖珍型的杯子盛出。这种小型杯的杯耳较小，手指无法穿过去。但即使是用较大的杯子，也无需用手指穿过杯耳再端住杯子。持握咖啡杯的得体方式，应当是伸出右手，用拇指与食指握住杯耳之后，再轻缓地端起杯子。若是用一只手大把握住杯身、杯口，或者将手指穿过杯耳之后再握住杯身，都是不正确的方法。

在正式场合，咖啡都是盛入杯中，然后放在碟子上一起端上桌的。碟子的作用，主要是用来放置咖啡匙，并接收溢出杯子的咖啡。若碟中已有溢出的咖啡，切勿泼在地上或倒入口中，可以用纸巾将其吸干。

若坐在桌子附近饮咖啡，通常只需端杯子，而不必端碟子。若距桌子较远，或站立、走动时饮咖啡，则应用左手将杯、碟一起端起，至齐胸高度，再以右手持杯而饮。这种方法又迷人，又安全。说它迷人，是因为姿势好看；说它安全，则是可以防止溢出杯子的咖啡弄脏衣服。

但参加鸡尾酒会，或在宾馆、饭店的大厅里，如果没有餐桌可以依托，则可以用左手端碟子，右手持咖啡杯耳慢慢品尝。如果人坐在沙发上，也可照此办理。

（2）匙：咖啡的亲密舞伴

给咖啡加糖时，如果是砂糖，可用咖啡匙舀取，直接加入杯内；如是方糖，则应先用糖夹子把方糖夹在咖啡碟的近身一侧，再用汤匙把方糖加在杯子里。如果直接用糖夹子或手把方糖放入杯内，有时可能会使咖啡溅出，从而弄脏衣服或台布。

使用咖啡匙把咖啡搅匀以后，应把汤匙放在碟子外边或左边，以不妨碍喝咖啡为原则。不能让汤匙留在杯子里就端起杯子来喝，这样不仅不雅观，而且很容易使咖啡杯泼翻。也不可使用咖啡匙来喝咖啡。

咖啡匙是专门用来搅咖啡的，饮用咖啡时应当把它取出来。它只能够做以下三件小事：

第一，加入牛奶或奶油后，可以之轻轻搅动，使其与咖啡相互融合。

第二，加入方糖之后，可以之略加搅拌，促使其迅速溶化，不要用咖啡匙来捣碎杯中的方糖。

第三，若嫌咖啡太烫，可待其自然冷却，或以匙稍作搅动，促使其变凉。

（3）甜点：咖啡的完美情人

在饮用咖啡时，为了不伤肠胃，往往会同时备有一些糕点、果仁、水果之类的小食品，供饮用者自行取用。需要取食甜点时，首先要放下咖啡杯。而在饮用咖啡时，手中也不宜同时拿着甜点品尝。切勿双手左右开弓，一边大吃，一边猛喝。这种做法，会显得吃相不雅。饮咖啡时应当放下点心，吃点心时则放下咖啡杯。

（4）饮用咖啡的禁忌

A. 忌咖啡伴吸烟：医学专家的研究表明，咖啡因在香烟中的尼古丁等诱变物质的作用下，很易使身体中的某些组织发生突变，甚至导致癌细胞的产生。因此，饮咖啡时，一定要摒弃同时吸烟的陋习。

B. 忌放糖过多：饮咖啡时加糖过多，会反射性地刺激胰脏中的胰岛细胞分泌大量的胰岛素，而过量的胰岛素能降低血液中的葡萄糖含量。一旦血糖过低，就会出现心悸、头晕、肢体软弱无力、嗜睡等低血糖症状。此外在饮咖啡时也不宜过多地吃蛋糕、糖果等高糖食物，否则也会产生上述症状。

C. 忌浓度过高：据研究，人在饮用高浓度的咖啡后，体内肾上腺素分泌骤增，以致心跳频率加快，血压明显升高，易出现紧张不安、急躁、耳鸣及肢体不自主地颤抖等异常现象，长此以往，有害健康。假如患有心律不齐、心动过速、神经官能症等疾病，喝高浓度的咖啡后会促发或加重原有病情。有冠心病、高血压的人，如过量地饮用浓咖啡，甚至有诱发心绞痛和脑血管意外的危险。一般来说，以每一杯咖啡中合咖啡因的浓度不超过100毫克，每天饮用咖啡量不超过2杯为宜。

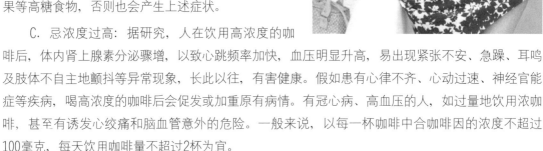

TIPS: 注意事项

● 饮用咖啡时，不要双手握杯，不要用手托着杯底，不要俯身就近杯子去喝，不要用手端着碟子而去吸食放置于其上的杯中的咖啡。这些姿势都是不雅观的。

● 咖啡匙的使用，有两条非常重要的禁忌。其一，不可以用匙去舀起咖啡来饮用。在公共场合这么做，是非常失礼的。其二，不是用咖啡匙的时候，不要将它放在咖啡杯中，可以将它平放在咖啡碟里。

● 添加咖啡时，不要把咖啡杯从咖啡碟中拿起来。

3.女人的葡萄酒情怀

Lady's Favor of Wine

酒会上，那些手持高脚杯的女士不仅让人羡慕，更加让人惊叹。只要你掌握了品酒的技巧，下一个宴会中，你就是其中的女主角，必将成为全场的焦点。

（1）鉴酒的温婉风仪

鉴酒要用眼、鼻和口来鉴别酒液的色、香与味。简单来说，品酒可分为以下三个主要步骤：

首先，用眼睛观赏酒的颜色。

选定餐酒后，侍者会先将酒奉上，请你核对瓶上的标签，以确认餐酒品牌无误后，就会先倒少许酒液于杯内给你试饮。若你对酒质口味感到满意，侍者便会继续添酒。

试酒前，先要微微举起酒杯，轻轻打圈摇晃，先欣赏酒液的"挂杯"情况，再于灯光下观赏其色泽，并要留意酒中是否清澈无杂质。

其次，用眼观赏过后，就要用鼻子去感受酒香。

先握紧杯脚，将酒杯轻轻打圈，让红酒在杯内晃动，跟大量空气接触，释放香气，然后将酒杯凑近鼻子，慢慢享受酒香。只要你多试几次，慢慢就能分辨出酒液中的果味、木味、花味、泥土味以及橡木味，亦可凭味道分辨出酒的级数。

最后，呷一口酒，让酒香在口腔中慢慢释放散开。

应先呷一口，让味蕾感受酒的味道，然后才慢慢吞下。而一瓶优质佳酿，喝后酒香会留于口腔之内，久久不散，为晚餐带来丰富的味觉享受。

（2）品酒敬酒的典雅仪态

正确的持杯方法是用手指轻握葡萄酒杯的杯脚，而非杯身，因为这样白酒或香槟的酒温才能不受体温的影响而保持冰爽，同时也方便喝酒的人好好欣赏所有酒款，包括红酒的美丽色泽。

不同的酒杯应使用不同的姿势来拿，只看拿酒杯的姿势如何，即可判断其人是否懂得品酒。譬如：白兰地酒杯需要以整只手掌包住杯子底部，以保持温度，增加芳香；而葡萄酒或雪利酒宜以室温喝，因此必须拿住杯脚的部分，避免碰触杯身。当然，不能拿得颤颤巍巍，也不可太用力，只需以五指均衡的握住杯脚即可。有人拿着杯脚时会翘起小指，这种习惯十分不雅，应避免。

葡萄酒杯

无论是要品尝适合在常温下饮用的红酒，或是适合冰镇后饮用的红酒，同样都是以握住杯脚的部分持杯。若是手握住杯身的话，手的温度将致使葡萄酒变温，因此于适温时呈上桌的葡萄酒也将会因而改变其风味。

鸡尾酒杯

　　附有细长杯脚的鸡尾酒杯，和葡萄酒杯相同，都是握住杯脚的部分即可。

笛杯传统样式

　　用来装啤酒的细长型传统笛杯则是握住杯身下方较细的部分。

白兰地酒杯

（气球型）

　　用手掌由下往上包住杯身。手的温度将传导到白兰地而适度地引出酒的香醇。

香槟酒

（笛杯、广口高脚杯子）

　　有着细细长长、类似长笛形状的笛杯，最能将香槟的气泡漂亮地展现出来；而扁平杯状的广口高脚杯多用在干杯的时候。两种杯子的持杯法和葡萄酒杯相同，都是握住杯脚的部分。要是碰见杯脚较长的情况，握住杯脚的最上方会比较容易饮用。

Lady's
Favor
of Wine

TIPS: 注意事项

● 举杯的时候杯子不要碰在一起。敬酒一般选择在主菜吃完、甜品未上之间。敬酒时，手指握住杯脚，将杯子高举齐眼，注视对方，并至少要喝一口酒，以示敬意。

● 试酒后，若杯上沾有口红，应用餐巾抹去，以免有碍观瞻，并且影响口感。

● 侍者为你斟酒时，你不需要注意看杯口、观察倒酒细节等，只需微笑地看着侍者，对他的服务表示首肯即可，表现出良好的餐桌礼仪。

TIPS：礼仪中的禁忌

商务交往中敬茶的礼仪

我国历来就有"客来敬茶"的民俗。早在3000多年前的周朝，茶已被奉为礼品与贡品。到两晋、南北朝时，客来敬茶已经成为人际交往的社交礼仪。颜真卿《春夜啜茶联句》中有"泛花邀坐客，代饮引清言"。唐代刘贞亮赞美"茶有十德"，认为饮茶除了可健身外，还能"以茶表敬意"、"以茶可雅心"、"以茶可行道"。

客来敬茶更是商务交往中普遍的往来礼仪。奉茶时应注意：茶不要太满，以八分满为宜；水温不宜太烫，以免客人不小心被烫伤。有两位以上的访客时，用茶盘端出的茶色要均匀，并要左手捧着茶盘底部，右手扶着茶盘的边缘；如有茶点心，应放在客人的右前方，茶杯应摆在点心右边。上茶时应以右手端茶，从客人的右方奉上，并面带微笑，眼睛注视对方。

以红茶待客时，杯耳和茶匙的握柄要朝着客人的右边，此外要替每位客人准备一包砂糖和奶精，将其放在杯子旁或小碟上，方便客人自行取用。

喝茶的环境应该静谧、幽雅、洁净、舒适，让人有随遇而安的感觉。选茶也要因人而异，如北方人喜欢饮香味茶，江浙人喜欢饮清芬的绿茶，闽粤人则喜欢酽郁的乌龙茶、普洱茶等。茶具可以用精美独特的，也可以用简单质朴的。

当然，喝茶的客人也要以礼还礼，双手接过，点头致谢。品茶时，讲究小口品饮，一苦二甘三回味，其妙趣在于意会而不可言传。另外，可适当称赞主人的茶好。壶中茶叶可反复浸泡3至4次，客人杯中茶饮尽，主人可为其续茶，客人散去后，方可收茶杯。

喝"洋酒"的讲究

"洋酒"是指非国产酒，主要分为：

酿造酒：包括葡萄酒、香槟酒、啤酒等低度酒。

蒸馏酒：主要包括威士忌、白兰地、伏特加、兰姆、杜松子酒等。著名的有法国科涅克人头马白兰地、马爹利等，英国的苏格兰威士忌等。

鸡尾酒：酒加某种物品即鸡尾酒，主要以威士忌、白兰地、杜松子酒、兰姆酒、伏特加等为基酒，采用搅拌、振荡、勾兑、造型等方法配制而成。

在高级餐厅里，会有精于品酒的调酒师拿酒单来。对酒不太了解的人，最好告诉他自己挑选的菜色、预算、喜爱的酒类口味，主菜若是肉类应搭配红酒，鱼类则搭配白酒。上菜之前，不妨来杯香槟、雪利酒或吉尔酒等较淡的酒……

饮用"洋酒"时，酒与菜的搭配及酒具的选择都很有讲究，需要注意。

酒与菜的搭配一般为：
- 餐前选用配制酒和开胃酒；
- 冷盘和海鲜用干白葡萄酒；
- 肉禽野味选用干红葡萄酒；
- 甜食选用甜型葡萄酒或汽酒。

酒与酒的搭配是：低度酒在先，高度酒在后；有汽在先，无汽在后；新酒在先，陈酒在后；淡雅风格在先，浓郁在后；普通酒在先，名贵酒在后；白葡萄酒在先，红葡萄酒在后，并最好选用同一国家、地区的酒作为宴会用酒。

好的酒杯，可以把酒的瑰丽色彩透露出来，令人赏心悦目，可以把酒的芳香在酒杯里集拢起来，经久不散。西方人还认为，饮什么酒使用什么杯，是一种"酒礼"。例如干红葡萄酒用长型圆脚杯，干白酒用半圆高脚杯。如果只喝一种酒一般使用半圆高脚杯为宜；超长半圆高脚杯专用于莱茵，如雪利和波特酒；半高大肚酒杯专用来喝白兰地等烈性酒；长脚杯宜用来喝香槟酒。另外，喝啤酒多用有把手的大玻璃杯，鸡尾酒式样很多，可根据配制选用。

西餐喝酒的礼仪

在吃西餐的时候，有时也会饮酒。因此，应该了解一些喝酒的礼仪。

（1）一般服务员会按顺序倒酒，侍者倒酒时，不要动手去拿酒杯，而应把酒杯放在桌上由侍者来倒。如果你不想让服务员给你倒酒，那么就用指尖碰一下酒杯的边缘，以示不想要了。

（2）为避免手的温度使酒温增高，正确的握杯姿势是用三根手指轻握杯脚，即用大拇指、中指和食指握住杯脚，小指放在杯子的底台固定。

（3）喝酒时绝对不能吸着喝，应该倾斜酒杯，就像是将酒放在舌头上似的饮用。你可以轻轻摇动酒杯，让酒与空气接触以增加酒味的醇香，但不要猛烈摇晃杯子。

（4）非敬酒时的一饮而尽、边喝酒边透过酒杯看人、拿着酒杯边说话边喝酒、将口红印在酒杯沿上等，都是失礼的行为。

酒会上，
那些手持高脚杯的女士不仅让人羡慕，
更加让人惊叹。

Lady's
Favor of Wine

图书在版编目(CIP)数据

OL优雅丽人 / 李可编著. —成都：成都时代出版社，
2008.6

ISBN 978-7-80705-783-3

I. O… II. 李… III. 女性—修养 IV. B825

中国版本图书馆 CIP 数据核字 (2008) 第 055922 号

OL优雅丽人
OL YOUYA LIREN

李可 编著

出 品 人	秦　明
责 任 编 辑	张　林
责 任 校 对	都玲玲
装 帧 设 计	◎中映·良品 （0755）26740502
责 任 印 制	莫晓涛

出 版 发 行	成都传媒集团·成都时代出版社
电　　话	（028）86619530（编辑部）
	（028）86615250（发行部）
网　　址	www.chengdusd.com
印　　刷	深圳市福威智印刷有限公司
规　　格	889mm×1194mm　1/24
印　　张	5
字　　数	120千
版　　次	2008年6月第1版
印　　次	2008年6月第1次印刷
印　　数	1-15000
书　　号	ISBN 978-7-80705-783-3
定　　价	29.80元